U0131422

INK INK INK INK INK INK IN
K INK INK INK INK INK INK
INK INK INK INK INK INK IN
K INK INK INK INK INK INK
INK INK INK INK INK INK IN
K INK INK INK INK INK INK
INK INK INK INK INK INK IN
K INK INK INK INK INK INK
INK INK INK INK INK INK IN
K INK INK INK INK INK INK
INK INK INK INK INK INK IN
K INK INK INK INK INK INK
INK INK INK INK INK INK IN
K INK INK INK INK INK INK
INK INK INK INK INK INK IN
K INK INK INK INK INK INK
INK INK INK INK INK INK IN
K INK INK INK INK INK INK
INK INK INK INK INK INK IN
K INK INK INK INK INK INK
INK INK INK INK INK INK IN
K INK INK INK INK INK INK
INK INK INK INK INK INK IN
K INK INK INK INK INK INK

林亨泰

福爾摩沙詩哲

林巾力・著

2

1

3

1 1948年就讀於台灣師範大學。
2 1965年主編《笠詩刊》時期。
3 攝於八卦山自宅。
4 60年代任教於彰化工業學校。
5 攝於東海大學校園。
6 1989年於台北新店家中。（林燿德攝）

5

4

6

林亨泰

8

7

9

10

11

12

7 病後於彰化自宅留影。

8 擔任國立台灣師範大學「人文講席」時攝於師大校園。

9 1994年11月，參加清華大學中文系暨文學研究所主辦「賴和及其同時代的作家：日據時期台灣文學國際學術研討會」。

10 1964年8月23日，與笠詩社同仁遊后里盧禪寺，左起詹冰、趙天儀、張彥勳、林亨泰、杜國清。

11 與好友畫家楊英風（右）、學者也是藝術家熊秉明（中）合影。

12 林亨泰伉儷與筆者（右）。

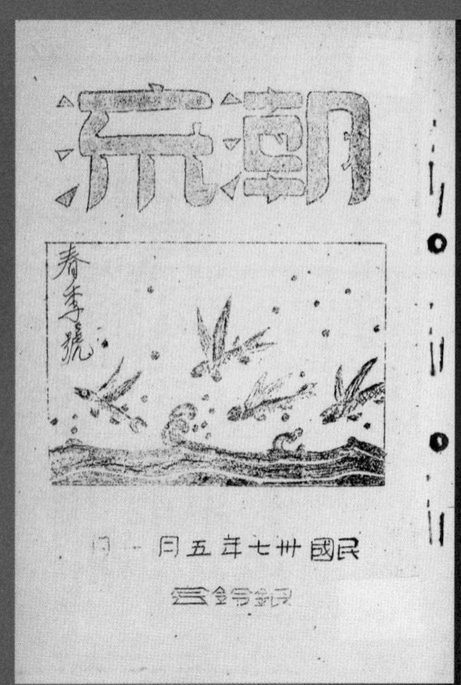

14

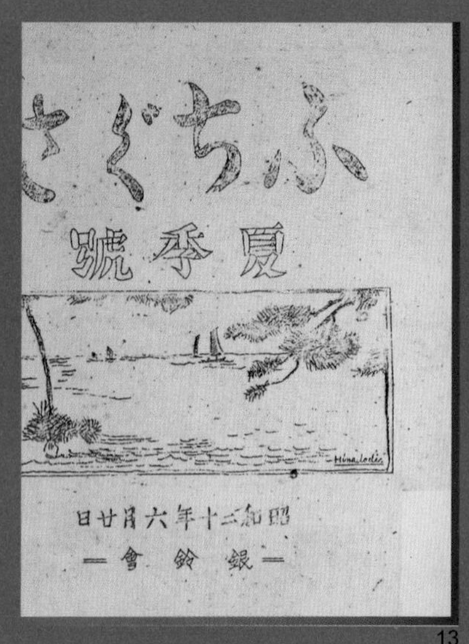

13

13 銀鈴會戰前的同仁誌《邊緣草》。
14 銀鈴會戰後的同仁誌《潮流》。
15 林亨泰第一本詩集《靈魂の產聲》。
16 林亨泰第一本英譯詩集《黑與白》。
17 林亨泰刊登於《現代詩》15期的符號詩作。

16

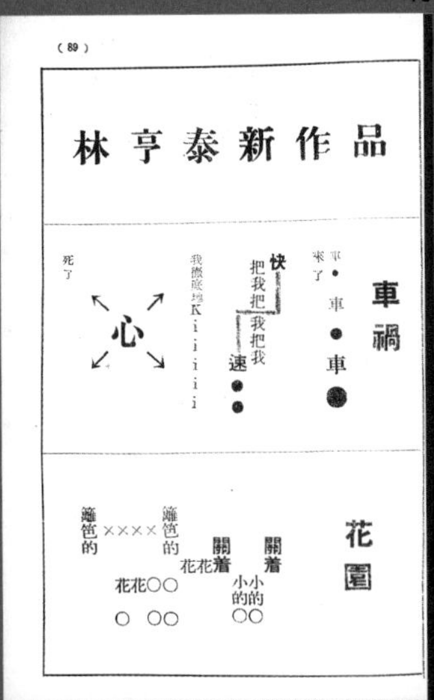

（89）

林亨泰新作品

車禍

車•車•車●
來了
快
把我把
我把我
速●●
我徹底地Kiiiii
心
死了

花園

關着
小的
小的
○○
關着
花花
籬笆的
花花○○
○　○○
××××
籬笆的

17

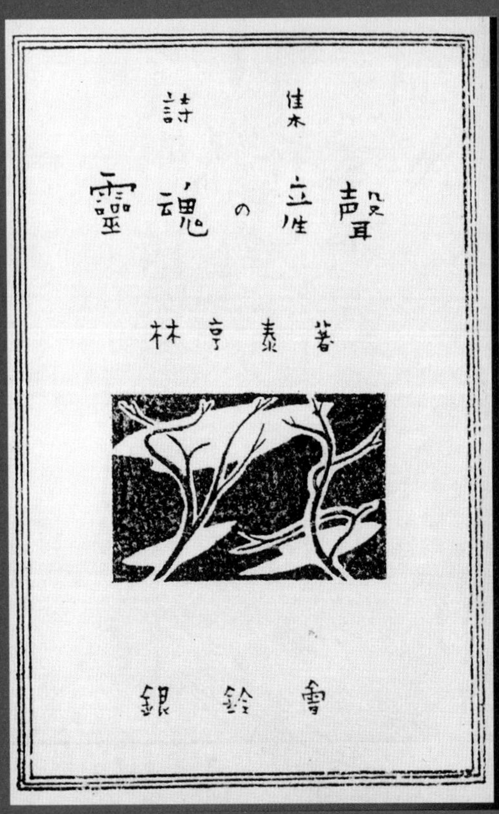

15

19

18

20

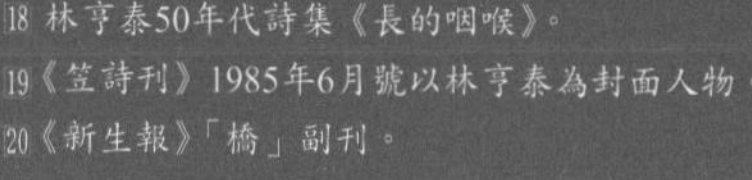

18 林亨泰50年代詩集《長的咽喉》。
19《笠詩刊》1985年6月號以林亨泰為封面人物。
20《新生報》「橋」副刊。

林亨泰得獎理由

林亨泰具有詩人和文學評論家的雙重身分，
他的詩作與評論充滿對人類和土地的關懷。
作品中濃厚的鄉土色彩，
且具有現代藝術性的特色，
允爲台灣現代文學的典範。
而他「始於批判」、「走過現代」、「定位本土」的創作歷程，
正是台灣現代詩史的縮影。

第八屆國家文藝獎文學類評審委員

目次

自序

本書的構成，除了是根據家父林亨泰先生所發表的文章、未發表的日文手稿，並且參考了相關的書籍與資料之外，更多是來自父親與我之間長久以來既像對談又像閒聊時所記錄下來的內容。

這本書在原始的構想中是循著一般傳記所應該有的形式——亦即以第三人稱來加以呈現，但是在如此的寫作過程中，不知何故卻難以面對那種事不關己的陌生感，然而當我取得父親同意而改以第一人稱作為敘述的開展之後，卻奇蹟似地豁然開朗，並且得以在很短的時間之內完成了這一本書。

父親的寫作與思考，一直是在異文化與異語言之間不斷擺盪及跨越的過程，而在他如此迂迴往返的過程當中，我就近扮演了居間的第一個讀者，甚至是協助翻譯的角色。也或許源自這樣的理由，我讓自己僭越地融入父親的寫作脈絡之中，以「我」來書寫父親的故事。但是相對的，父親對我在文學上的影響，雖然可能是我一直所想抗拒的，卻也不爭地反映在我先後以日本文學和台灣文學作為學術研究主題的選擇之上。因此就某種意義上來說，這本書雖然是關於父親的生命歷史與心路歷程，但卻奇異地似乎也是我生命之中很重要的構成部分。

所以這本書當然是獻給父親的，但是在這裡我仍然必須感謝國家文化藝術基金會的敦促，還有印刻出版社的協助，另外也多虧Marco Heusdens讓我可以在加勒比海某個美麗的島嶼上心無旁騖地寫作，而對於紀豪哥哥的友誼與協助也令我銘記在心，使得這本書的寫作在延宕許久之後終於能夠順利完成。

第一章

我以及我的祖先們

「我到底是誰？我來自於何方？」曾經爲了心中所抱持的這個疑問，只要能夠證明自己的存在，儘管是一些蛛絲馬跡也好，於是，我開始在家中眾多與台灣相關的歷史書籍裡尋找，進而下筆書寫並且記錄。或許是深刻體會歲月必然的流逝，所以，心中隱然企盼的，是透過家族的歷史來尋索自己的生命存在與位置。

所以，在談我自己之前，請容我在這裡對於我的家族歷史展開一個簡單的回溯。

來台祖

如果往前追溯我的這個家族，究竟是誰最先踏上台灣這塊土地而成爲所謂的「來台祖」呢？關於這一點，能夠爲我們勾勒出清楚輪廓的憑藉，都早已失落在歷史的荒煙蔓草中，只有家中從先祖那裡傳下來的兩件遺物，或許還可以透露些微的訊息。當中之一是「公仔媽牌」，另一樣物品則是「祖先畫像」。

根據那毛筆字跡早已模糊的「公仔媽牌」上的文字來看，第一位橫渡台灣海峽而成爲我們「來台祖」的，可能就是一位名爲「林猜」的人物，生年不詳，歿於一七八七年。所以，如果按照這個有限的資料來推測，林家渡海來到台灣，算來至少也有二百五十多年的歷史。

我們無從得知先祖剛剛踏上這塊土地時的生活與心理狀況，只能約略從歷史的記載中得知，當時在清廷眼中不外乎是「海盜嘯聚之地」的台灣，原本是頒布有禁令，不許漢人任意移居或攜帶眷屬渡海而來的。但是就在十八世紀中期左右，禁令逐漸放寬而最後終於解除。所以我推想，第一代的「來台祖」林猜，或許就是趁著這禁令逐漸放寬並且走向解除的當口，決定渡海來台的。

據說，林猜是與另一位兄弟結伴同行，他們的落腳處，並不是已略具開墾規模的南部地區，而是有待開發、並且存在著更多冒險的中部土地。清朝自十八世紀下半葉以後，隨著大陸來台的人口逐漸增加，台南附近的已開發土地也跟著接近飽和，因此呈現土地難求的狀態，來台的移民們不得不轉移到其他尚未開發的地區。

林猜和他的兄弟大概是與當時流落在華南一帶的農民一樣，由於生活困難，所以才毅然冒著生命的危險，穿越北方寒流（烏水溝）和南方暖流（紅水溝）的交會處，衝破那翻騰著漩渦與死神召喚的恐怖「烏水溝」，他們幾乎是抱持著與故鄉及親人生離死別的決心，過海來到台灣。林猜兄弟倆，先是由鹿港登陸，隨後再移居到北斗地區。

對於林家第一代以及二代的故事，能夠知道的實在不多，僅容後人從歷史書籍的記載來補足想像力的空缺。

林猜兄弟初入北斗地區時，應該是與原住民的平埔族共同居住在一處。當時，在清廷的「理蕃」政策下，逐漸出現了漢化的平埔族人，他們能夠通曉漢文，當中也有人擔任清廷的東螺社通事。但是大體而言，由於漢人所進行的是深耕細作的農業形態，相對於平埔族自給自足的粗耕模式，使得平埔族在經濟上相對弱勢許多。儘管平埔族與漢人之間訂有開墾契約，而漢人乃是依約向平埔族人租用土地，但是弱勢的平埔族人往往無力取回土地，於是在漢人的擠壓之下，逐漸失去了安適的生活空間，最後，多數的族人只好選擇移居他處。

根據〈北斗鎮志・開發篇〉的記載，十九世紀的上半葉，在漢人集聚來此之前，北斗地區是屬於平埔族「東螺社」與「眉裡社」的活動區域，後來漢人漸多並向平埔族買地建立市街，再加上水患的緣故，因而迫使平埔族必須往其他的土地展開大規模的遷移活動。

一次是一八〇四年，男女老幼數千名穿過苗栗內山，一路翻山越嶺，終於落腳在葛瑪蘭五圍（現在的宜蘭市）的地方。另外一次是在一八二五到一八二八年之間，東螺社的平埔族人遷入埔里盆地，遷入後亦將該地稱呼爲「東螺社」。

平埔族群經過兩次大規模的遷移之後，北斗地區從此成了漢人獨佔的活動舞台。這是林猜逝世後三、四十年所發生的事情，同時也是第二代林樂向所生存的年代。就這樣看來，如果說，林猜兄弟那一代的漢人移民、還有下一個世代的人們，在台灣的生活經營與土地開發逐漸取得了繁榮與成功，那麼，這樣的繁榮與成功背後，其實是另一個族群流浪他鄉的代價。

第三代的榮華

對於先人的事蹟，在鄉里間流傳最廣的就屬林家第三代林敲及其夫人了。前文所提到的「祖先畫像」，便是與林敲相關。這幅畫長約一百八十二公分，寬八十八公分。畫者不詳，但就年代來說，依我的推測，大概也有一百二、三十年之久了，畫面在長年歲月的侵蝕下，大都已經斑駁損害。

圖中的主角人物是穿著清朝官服、端坐於畫面正前方的一對夫婦，他們的神態莊重而且嚴肅。夫人的後面有一位童子，手中拿著玩具之類的東西，而朝著夫人斜對面走過來的是一位姑娘，手上端來置有茶具的盤子。在畫中大致已斑駁脫落的部分，好像也畫著一位年輕人，手裡大概是捧著類似器具的東西，正要向林敲當面呈上的模樣。

這幅畫的原貌大致如此，而祖先中唯一受封清朝官階的，就只有林敲一位。關於受封清朝官階一事，可以作爲佐證的是林敲與夫人的墳墓，林敲的墓碑上頭寫著有「承德郎」的字樣，「承德郎」是文階正六品的名稱，而其夫人墳墓牌位則是寫著「安人」，清朝的「安人」是封贈給六品官之妻的。

從第一代為了尋覓基本生存機會而漂泊前來的「來台祖」，才三代的時間，便搖身一變成了當地的權貴之家，背後是如何辛苦奮鬥的歷程，抑或怎樣的終南捷徑，也因為年代久遠而無法可考。倒是如此的官宦人物，在當地畢竟成了一則傳奇，關於林敲的鄉里傳言，無論可信度如何，令我印象深刻的倒是有如下幾則：

傳言一

北斗街附近的田尾有一處廣袤的土地，據說，林敲擁有那一大片土地的實際支配權，每年為了逐家徵收田租，光騎馬出去一趟，至少也需要十幾天、甚至一個月才能將所有的田租徵收完畢，足以想見林敲富甲一方的財力。

傳言二

某年歲末，海口的一群鹽民到北斗街上的一家「鹽館」（古時賣鹽的小店）討債，但是店主拿不出錢來還債，鹽民便要拉他出去動武，此時，有人跑來告知「阿敲仔伯」有關鹽館店主的處境，於是林敲便親自前來鹽館替店主說情，之後還為他還了債務。當時的銀幣據說是用畚箕來盛的，解除了債務危機的店主很是感激，他向林敲說：「現在您替我還債的銀子在畚箕裡頭是平的，將來我一定會將畚箕裝得尖尖的、滿滿的銀子，還給您阿敲仔伯！」後來這家鹽館的子孫們開枝散葉，現在遍布北斗地區，從事著各種行業。

傳言三

林敲的住宅不算太大但也是不小的，屋子前面豎有一竿旗子，雖然我不知道那樣的旗子究竟有什麼來歷，不過聽說，經過林敲的屋前若是看見這旗子的話，騎馬的士兵必須下馬，而坐轎的文人則必須下轎。

傳言四

林敲去世之後，光是墓園就花了好幾個工人數把月的時間才建造完成。但是林家的財富卻也隨著林敲的去世而蕩盡。關於那一筆田尾土地的下落，據說，祖先的最後一塊土地，也因爲北斗與田尾之間的河流遭遇洪水氾濫，原本廣闊的富庶之地頓時之間成了一片荒蕪泥沙。本來是可以要回來的，但是因爲大租戶與小租戶等等土地行政手續上的各種麻煩，最後就不了了之，所以，連最後一塊土地也都這麼地付諸流水了。

傳言五

林敲去世之後，林家的一位長工某天向林敲的後人說：「這間房子已經不堪使用了，而且經常鬧鬼，還不如讓我住在這裡，反正你們也欠我一筆工資。」長工在得到雇主的應允之後，有一天，忽然看到屋內跳出一隻小白兔，蹦蹦跳跳地跑著，但是跑到了屋旁的角落後卻消失不見蹤影。於是長工就拿了鐽子從兔子消失的地方往下挖，果然挖出幾個放滿銀幣的陶缸，當然，這些白銀本來是林家祖先爲了留給後代子孫所埋藏的財物，但是還沒來得及把這個祕密告訴子孫就離開人世，因此林家並沒有得到這批財富，而拱手讓給了那位長工了。

這些傳聞現在聽來雖然不無誇張之處，尤其傳說中的「小白兔」，不僅出現在我們家族的歷史中，更曾經現身在過去許許多多家道中落的故事裡頭，作爲一種敘事的方式與符號，說故事的人，藉著一隻突然出現的活蹦亂跳的小白兔，道盡了人事的浮沉，家族的興衰起落。但無論故事怎麼說，林家的確是曾經繁盛顯赫於一時，只是再多的土地、錢幣與官宦榮銜，依舊抵擋不了新時代的浪潮，在物換星移之中，從繁景的頂端逐漸往下走。

祖父母

一九二四年十二月十一日，日治時代，我誕生在當時叫做「台中州北斗郡北斗街」上的外祖父母家中。

關於外祖父傅仲輝與外祖母傅陳腎的確切生年月日，我並不清楚，不過，根據日治當時的戶籍謄本，祖父林朝宗與祖母林王緞的出生年各是在一八七六與一八七七年，若是再由我的父母親都是長子與長女的事實來判斷，可以得知祖父與外祖父應該都是屬於同一世代的人物。

所以，當清朝於一八九五年將台灣割讓給日本的時候，他們正好都是二十來歲的年輕人，我想，與任何世代的年輕人一樣，二十歲是充滿希望與活力的年齡。以清朝一般讀書人的情況來說，他們對於科舉考試想必是有所嚮往，並且以此作爲讀書的目的來勉勵自己。不過，這個被用來當作晉身社會位階、在中國施行久遠的制度，在當時西方挾其科技文明入侵、而中國逐漸被放置到相對落後位置的清朝末年，被認爲是國家積弱不振的主要原因之一，因而成了必須被改革的對象。於是在變法改革的呼聲中，中國總算是在一九〇五年的時候由各省都撫奏請，將這個從隋唐以來實施了將近一千三百年的科舉制度給廢除了。不過，走向不同命運的台灣，比中國還早十年，也就是在一八九六年的時候，就已經將科舉制度給取消了。

也就是說，在這個充滿詭譎變化的時代裡，我的外祖父從科舉考試的束縛中獲得了解放，成了「純粹的詩人」。

記得當我還年少，外祖父因病辭世，之後我時常陪伴母親到外祖父的墳前祭拜，墓碑上頭除了傅仲輝的名字之外，還特地刻上「詩人」這樣的頭銜，這對我來說是何等的印象深刻，總覺得「詩人」是一個偉大而特別的稱呼。

但是在年長之後當我拜訪母舅，詢問外祖父是否曾經留下任何詩文作品時，他帶我到「路口厝」的一間廟宇，廟裡的樑柱上刻的正是外公的詩作。只可惜其餘的作品都在他過世之後，被親友們從書桌上、抽屜裡拿走了，所以除此而外，也就沒有留下任何作品了。

不過令人驚喜的是，幾年前我發表了〈我們以及我們的祖先們〉的一篇文章後，接獲廖振富博士的一通電話。廖博士在台灣文學的漢學古典文獻方面有著深入的研究，他在電話中告訴我，一九一二年「櫟社」爲紀念創設十周年，曾舉辦了公開徵求詩作的活動，當中便有詩人傅仲輝的漢詩多首，隨後也承蒙廖博士將外祖父的詩稿影印本寄給我。

長久以來我總是納悶著詩人外祖父傅仲輝的詩作究竟流落何方，但也不免想像，所謂的「舊文人」畢竟是受到許多傳統的限制，寫出來的作品該不會是一些擊缽吟詠、以風花雪月自娛的作品罷了？但是從外祖父所投的詩稿來看，也就是投稿在這個由林獻堂、林幼春等人所共同組織、同時也是當時最具反日色彩的「櫟社」於一九一二年所發起的《十周年大會詩稿》，以及一九一三年由林幼春擔任詞宗的《癸酉年課卷・第壹期》上所發表的作品來看，不得不讓我一改對於「舊文人」的諸種刻板印象。

外祖父的詩稿當中，一首題爲〈笨港進香詞四首〉的內容是這樣的：

笨港進香詞四首　傅仲輝

紛紛男女表同情　一向前途笨港行
都爲神恩忘不得　人山人海作香丁

男抱愚誠女更疵　春初春末進香時
不嫌跋涉遲遲路　妄想神麻暗護持
世間禍福本由人　何事燒香到笨津
習俗相傳迷信久　愚民到底是欺神
燒盡清香心自怡　疵思此後得祥熙
忽然釀禍哀求◯①　試問其神知不知

對於這一組詩，廖振富先生的評論是：「全組詩思想頗爲進步，批判性亦強」，而我也十分同意這樣的看法。作品儘管是以「舊」的傳統文體形式來呈現，但是它已然傳達出「世間禍福本由人」的解放思想，也就是說，那是將改變世界的力量交到「人」的手上，而不再只是憑藉「神」力或超能力，這樣的看法不能不說是已然蘊含了現代的啓蒙精神了。

如果我們將這組詩作的成立年代對照以當時台灣的歷史脈絡，可以想見的是，在政治方面，那時的民族運動尚處於黑暗摸索的階段，而在文學方面，也和台灣新文學運動正式開展的二〇年代有著一段距離，但是我的外祖父便已經寫出這樣一首內蘊著除魅思想、破除神權的詩作，不得不讓人感覺，這組詩其實也在某種程度上反映了當時的時代精神與台灣的思想動向。

而接下來我也想稍微提一下我的外祖母傅陳腎。外祖母出身武館之家，自幼學習武術，常以打拳爲健身之道。傅家是一個大家族，而傅家之所以娶外祖母作爲媳婦的理由，據說是想借重她的一身好武藝。話說清朝治下的台灣社會，官衙公權力不彰，治安維持不力，因此早期的台灣似乎是處於「三年小反、五年大亂」的情況。另外，爲了土地開墾、疆界劃定以及水利的爭奪等等，客家與閩系，或者閩系同類之間，經常發生「分類械鬥」。所謂的「分類械鬥」據說是風行於中國華南一帶的私鬥，是用以解決因土地所延伸出來的各種紛爭。這類的械鬥一旦發生，清朝官衙便會著手調查究竟是哪一個族群帶頭作怪，然後調派另一個族群，以「義民」之名進行鎮壓，所以這種械鬥，換個角度也可以說，是清朝政府利用族群矛盾而予以助長形成的。

外祖母的武功高強，身體健壯，據說，外祖母在年輕的時候，與遠親的某個人家起了爭執，那家人因敵不過外祖母而懷恨在心。後來那家人生了一對雙胞胎兒子，他們從小鼓勵這對雙胞胎習武，於是當他們長到二十來歲，便向當時已有五、六十歲的外祖母挑戰，爲的是一報當年的難解之仇。在復仇的打鬥中，年邁的祖母雖然遭受兩個年輕小夥子的左右夾攻，但她依舊赤手還擊，最後竟打到高下難分。這場武鬥後來還是因爲有人出面仲裁，方才得以制止，由此可以見得外祖母武功高強，就連年輕小夥子都不是她的對手。

父母

我的父親是林家來台的第六代林仁著，他是屬於刻苦耐勞、沉默寡言但是立志奮發類型的人物。林家在他父親那一代的時候，先人所留下來的產業、甚至是祖厝，都已經流落他人手裡。也或許正是在這種一無所有的環境底下，更必須靠著自己的專業知識與能耐，來闖出一番天下。

我對於家族最早的記憶，是大概剛學會走路、說話的幼童時期，算起來那時應該還是一九二〇年代的事情吧！當時父親在「製糖會社」上班，平時工作十分忙碌，而母親也必須照顧年紀更小的弟弟，所以我大部分時間都是在外祖母的家裡度過。我還記得外祖母常常提起：「囝仔人，尻川三斗火」，意思是說，只要我睡在外祖母旁邊，連冬天都不需要什麼暖氣的設備。

週末偶爾回到父母在烏日製糖會社的宿舍，每到星期六晚上，糖廠會爲員工播放免費的電影欣賞，記得每次電影上映之前，我都高興得活蹦亂跳，但是上映之後，看不到五分鐘就睡著了，所以每每在散場的歸途中，總是被父親背著回家。

那樣的人生與家族場景，像是一紙泛黃的老照片，永遠停格在一九二〇年代末期的某個遙遠而溫馨的記憶深處。

聽父親提起，他公學校畢業之後，上「糖業學校」就讀，雖然一直到現在，我都不清楚這所謂的「糖業學校」究竟是什麼樣的學校，但是，父親擔任過製糖會社裡檢驗室的工作，也學過化學。記得在我念公學校的時候，有一位即將前往日本投考中學校「編入考試」（也就是現在的「轉學考試」）的學徒，在臨去日本之前的一段時間，來到我家一邊充當店員，一邊向我父親學習化學。

說起砂糖，不但是台灣的特產之一，而製糖業更是過去台灣最重要的產業。砂糖自荷據時代（一六二四—一六六一）以來便開始生產，經過鄭氏政權，以及清朝的持續經營，糖的產量年年攀升。台灣的製糖業者，必須在甘蔗糖度最高的時期進行採收，收割完後，也必得在當天之內就把甘蔗內部的汁液榨完，不然的話，汁液的糖分很容易變質，而影響生產的品質。到了十八世紀初，台灣的製糖工業已經是具備分工的組織化形態了，譬如，將收割的甘蔗利用「牛力」榨出汁液，用「火力」把榨出的汁液煮乾，再以「人力」輪番移動鍋爐以提高汁液濃度，並在適當的狀況下使汁液結晶等等，每個製作過程都是各分其工、各有所掌。雖然說，這離眞正的工業化還有一段相當長遠的距離，但是，在縮短作業過程以及朝向效率化、理性化的管理上，可以說是已經出現一股明顯的趨勢了。砂糖成爲台灣的重要輸出品，近處可輸到日本、中國大陸，更遠的則遠達中東等地。

進入日治時代，因爲有利可圖，台灣製糖產業更加受到重視。於是殖民政府在一八九六年著手改良甘蔗品種，一九〇〇年投入資金一百萬圓，成立製糖會社。一九〇二年台南州橋仔頭庄興建了新式機械製糖工廠，而台灣總督府也頒布「糖業獎勵規則」，推行大規模的獎勵政策。就這樣，大規模的製糖工廠紛紛設立，只不過，這由殖民政府所強勢主導的製糖「規則」，深刻地影響並左右了蔗農的生計。

日本的資本主義制度使得台灣蔗農對於甘蔗栽培、耕作自由、決定價格等等，都失去了自主性。過去清朝封建制度下的土地所有關係，到了日治時期，則轉移成日本帝國制度下的土地關係，殖民政府以壟斷製糖產業爲出發點，將製糖會社當作工具，並且從對於台灣蔗農的剝削而創造出巨大的財富。因此，由這種壓迫關係所引發的爭議，在一九二四年有五件，翌年的一九二五年更是達到十二件之多。

其中常爲史家所提起的，就是發生在台中州北斗郡的二林蔗農事件。當時，彰化詩人懶雲——也就是人稱台灣新文學之父的賴和——在《台灣新民報》上發表了一首新詩〈覺悟下的犧牲（寄二林的同志）〉，用以激勵二林蔗農。對於二林蔗農事件的不平與同情，不但激發了賴和的第一首新詩創作，同時也激起了台灣知識分子對於殖民政府強權處理蔗農問題的批評，當然，其中最爲可貴的，還是崛起於蔗農自身的覺醒。

在我上了北斗公學校之後，有一天很偶然地在家裡的某處角落找到一個大箱子，箱子裡頭裝的是各種各樣的日文雜誌，雖然那些雜誌的名稱已不復記憶，不過我記得當中倒是有好幾本叫做《改造》的雜誌，這個印象深深地留在我孩童時代的記憶裡。至於這份雜誌的內容，要等到我上了中學之後，到古書店（舊書店）翻開文學辭典時，才知道那是第一次世界大戰結束後，許多國家的有識之士痛切思索戰火的無情，並且對於社會的不平等結構進行深刻的反省，於是在這股風潮底下，國際間開始揚起「社會改造」的呼聲，因而也誕生了像《改造》這樣的左翼雜誌。這份雜誌的執筆者有大杉榮、河上肇、堺利彥、長谷川如是閑等等，文章內容大都是以批判資本主義、鼓吹勞工運動，以及培養無產政黨等爲主軸，在當時擁有廣大的青年讀者群。

就「日本經驗」而言，我的祖父林朝宗歷經了二十七年，我父親林仁著也有四十六年之久，而我所經驗的「日本時代」最短，只有二十二年。說起來，祖父所經驗的日本時代在時間上雖然不算短，但無疑的，他仍是屬於上一個時代的人物，而父親的日本經驗是最長最久的，所以，若從他們父子倆的畫像或照片上所呈顯的外貌來看，祖父是道地的清朝人物，而父親則明顯地與前一個世代的人迥然相異。

父親的樣貌與行事風格，算得上是標準的「現代台灣人」，究其原因，我只能做一個假定的臆測。我想，父親——或許我也一樣——自幼接受日本式的教育，受到日本殖民者所帶進來的現代化影響，因此打從幼少時期開始，那些被加以灌輸的現代精神價值與行動規範，在點滴內化的過程中形塑了人格與思考的模式，並且在長期間的累積之後，反映到行動與習慣、思考與情感波動、嗜好與美感、文化與規範、權利與義務，甚至是儀表與相貌之上。

父親後來辭去了當時既是代表「現代化尖端」、同時卻也扮演著壓迫農民的帝國機器角色的製糖會社的工作，之後回到故鄉北斗，轉行經營中藥。漢藥的事業在一開始的時候經營得十分順利，店裡還長期雇用了兩名店員，幫忙打理業務。我的童年至此為止，都還算是平安順遂的。

只是，個人的命運總是不可避免地糾纏交錯在更大的歷史之中，戰火與死亡，為無憂的童年畫上了一道休止符。

三〇年代以後，日本逐漸邁向更為積極的軍事行動，軍部在一九三一年開始侵略中國東北，九月十八日發動滿洲事變。一九三七年七月七日，北京西郊發生盧溝橋事變，至此中日戰爭爆發，而中國也對日本展開全面抗戰。不僅如此，日本更在後來的一九四一年十二月八日，向美、英宣戰，將戰場從中國推向菲律賓、馬來半島、印尼、新幾內亞等南洋各地，挑起了所謂的「太平洋戰爭」。當然，它最後的命運，也就是眾人皆知的，日本因軍力不足，在一九四五年八月十五日宣布無條件投降。

而從一九三一到一九四五年之間，戰爭的對象包括中、美、英等國，並將戰線擴大到東亞的大部分地區及南洋等地，這便是日本一般所稱的「十五年戰爭」。在這十五年戰爭的期間，一九三七年所發生的盧溝橋事變，剛好可以將這十五年分成兩個時期。

那一年，就世界局勢而言，盧溝橋事變將日本帶入一個逐步走向毀滅的方向，而就我的家庭而言，從那一年起，父親的漢藥事業由盛而衰，業務開始一天不如一天，但是對我而言，最大的打擊莫過於母親的辭世。

從一九三七年起，台灣開始全面推行皇民化運動，舉凡漢文書房、報章雜誌上的漢文欄，還有台灣的母語都被禁止，而漢藥房的業務當然也受到了影響。面對漢醫藥業的蕭條，我的父親於是又開始了另一次轉業的挑戰，這一次是西醫的執照考試。為了準備考試，父親每天早上五、六點天未亮時便起床讀書，而白日也趁著患者稀疏來訪的空檔，利用所有可能的時間用功再用功。西醫考試分成兩個階段，第一階段先是要考「學說筆試」，在通過筆試之後，才能夠晉級再考第二階段的「臨床面試」。

在臨床的面試當中，考生以台大醫院的患者作為對象，並且必須在擔任主考官的資深醫師與教授們的面前，通過層層艱難的質問，考生針對種種疑難問題要能夠對答如流才算是及格。父親光是第一階段的筆試就考了好幾次，但是屢敗屢戰，最後終於通過了。接下來的第二階段臨床面試也是一樣，經過了多次的失敗，卻也不曾氣餒，一直到太平洋戰爭快要結束的時候，才總算取得了夢寐以求的西醫師執照。

戰後，漢醫藥業恢復了它原本的地位，雖然父親無論西醫或漢醫都可以開業，但是因爲戰後經濟的蕭條，加上父親在性格上和口才上怎樣都不適合商業性的開業，所以最後走上公務的生涯路途，就任埤頭鄉的衛生所主任。

而說起我的母親，是我最甜蜜也最痛苦的回憶。

記得某天的晚上，在半夜裡，睡在店內屋頂閣樓上的我，聽見樓下響起了進進出出紛亂而急促的腳步聲，然而就在好一陣子之後，所有的慌亂突然都靜止了下來。父親叫了我一聲，當我下樓時，母親已面無血色，母親去世了。母親在生下三弟時難產過世，算起來，在我的人生當中，就只有短短的四千四百四十一天曾經享受過母愛。父親遵循台灣當時的習俗，在百日內續弦，之後的家庭生活，就好像童話故事中經常會出現的情節一般，作爲家中長子的我，也因爲繼母的差別待遇，頓時成了家中落寞失寵的小孩。

我想，這對我的性格投下了至深的影響。我的沉默、不善言詞，卻對於文學與沉思默想有著極大的喜愛，或許是來自於太早失去母愛的一種情感折射吧？

回憶我母親還在世的童年時代，故鄉的日子一切都過得很平順、甜蜜。童年時代的北斗街郊外有一處低窪地帶叫做「溪底」，那裡有兩條河流，距離較遠的溪流較深，較近的那條水流較淺，而那條淺溪也是我最喜歡流連的地方。我曾經在五〇年代寫過一首叫做〈小溪〉的詩，描述的正是那一段美麗的時光：

寂靜的日子
水澄清
河底砂上
水靜止

魚

和

魚

寂清的日子
風透明
河畔堤上
風凝固
草
　和
草

——〈小溪〉

故鄉的河流是那麼的澄澈透明，在百無聊賴的午後，在完全靜止的狀態中，風、陽光、流水和時間彷彿凝結成一只大果凍，孩童一邊玩著便來到了溪邊，看著水底的魚和草，逐隻逐尾地細數，一草一葉地觀看。在寂靜的日子裡，一切都叫人很放心。

回憶我兒時的故鄉，那仍然保留著農業時代悠緩的步調，當時的農民彷彿是自然現象的一環，日出而作，日入而息。我還有一首也是五〇年代的詩〈日入而息〉，描寫的便是這樣的情景：

與工作等長的
太陽的時間
收拾牛車上

杓柄與杓柄
在水肥桶裡
交叉著手

喀噔　嘩啦嘩啦
嘩啦　喀噔喀噔
回來

了

——〈日入而息〉

第一段寫的是北斗農民隨著太陽的西下而結束一天的勞動，裝盛水肥長短不一的杓柄以及水桶農具，在牛車的前進中交響著美妙的樂章，這樣的聲音在黃昏時刻響遍整個農村，穿過黃昏的暮色而伴隨農民回到家中。最後的一行只有一個「了」字，表示大地與自然都休息了，辛勤勞動的一天就要寂靜地落幕了。

當然，平靜的農村生活有時也會激起一陣波紋。小時候最開心的事情之一，莫過於拜訪住在田尾的舅公（祖母的哥哥），當時北斗到田尾之間已有公車可以搭乘。日治時代是把「巴士」稱作「乘合自動車」，行車路線從北斗經田尾、永靖而至員林，而這條路線早在昭和三年、也就是一九二八年時，就已經開始通車了。那時候每年田尾都會舉行大規模的「鬧熱」，也就是例行的大拜拜。只要一有「鬧熱」，分居各地的親戚朋友都會舉家動員前來參加。

而就在黃昏的時刻，前往田尾的路上擠得到處都是人群，每當那時，鄰近的北斗便頓時成了一座空城。但是相反的，當北斗街舉行「鬧熱」的時候，就換成田尾或溪洲人群一湧而出，而成爲萬人空巷的局面。

在我長大後，時常會想起那樣一段在平靜生活中週期性爆發的人群波動，並且還曾經戲稱這簡直是「人類的大移動」，這樣的說法雖然誇張，但是在孩童的情感結構中，也朦朧地感受到像是「鬧熱」這樣的廟會節慶，是何等重要、多麼值得引頸期待的大事件。於是一樣在五〇年代，我將台灣這特殊的情景寫入一首叫做〈村戲〉的詩：

村戲鑼鼓已鳴響……
親戚從各地回來，
而笑聲溫柔地爆發……

村戲鑼鼓再鳴響……
又有一批親戚回來，
而笑聲更溫柔地爆發……

村戲鑼鼓又鳴響……
最遠的親戚也都到齊，
而笑聲終於點燃花炮……

村戲在演出之前，通常會先來一段大約三、四十分鐘以鑼鼓爲主的前奏，在這段前奏的進行當中，分散各地的親戚們一批接著一批回來團聚，大夥們在這熱鬧歡樂的氣氛中談笑家常，最後，爆竹一響，眾人們就座開始用餐。

記得在這群親戚當中，舅公有一個兒子當時是擔任北斗公學校的老師，當我還在北斗公學校當小學生的時候，每天早晨升旗完畢，就會看見他跳到體育台上，一邊喊著口令，一邊做著示範動作。他的名字叫王象，在日治時代是短距離賽跑的冠軍，沒有人跑得過他。王象曾經代表台灣到東京去比賽，並且在中日戰爭爆發後，前往中國大陸的河北，但是就在戰後國共激烈對立的時代中，王象和家人從此失去了聯絡，因此，在田尾這個中部小鎮的村戲鑼鼓聲中，也不再有他的身影了，想來恐怕是凶多吉少吧！②

註釋

① 原字模糊難辨。

② 在我論及故鄉及先人的文章〈我們以及我們的祖先們〉（《台灣文學評論》二・三、二・四、三・一）一文發表後，有幸獲得各方不小的回響，其中一篇是同鄉的謝慶雲先生寄自美國的回應，文中提及：「王象曾經代表台中州參加全日本運動會，榮獲四百米接力賽第一名。王象並參加一九三六年的柏林世運百米短跑，世運之後到中國，據說娶閻錫山之女。一九四九年閻錫山隨國民黨政府撤退到台灣，傳說不敢出陽明山，因為怕蔣介石暗殺。在北斗開洋裁店的王象的小弟王壽全先生，曾到陽明山向閻錫山探問留在中國的兄哥王象的消息。」（《台灣文學評論》三・一）在此非常感激謝先生所提供的訊息。

第二章　學校教育

大正時代

我是生於上個世紀的一九二四年，由於台灣當時是在日本的統治之下，所以「確切」地來說應該是大正十三年，而當時也正是所謂「大正時代」接近尾聲的時候。

「大正」是日本天皇的年號，大正天皇在位的時間並不長，從一九一二到一九二六年，不過是短短的十四個年頭，比起明治天皇的四十五年將近半個世紀的統治，大正時代顯然只是歷史上的一頁短章。儘管如此，大正時代卻超越它自身短暫命運的限制，爲日本的近代歷史投下了深遠的影響。

但是，大正時代究竟是一個怎樣的年代呢？

日本兒童文學家桑原三郎曾說：「大正，是一個非常有意思的年代，這個年代不僅誕生了普通選舉，同時，勞工運動亦此起彼落地展開……大正，是一個文藝復興的時代，也是一個發現人、發現兒童的時代。」

日本其實也跟中國一樣，不但受過洋槍大炮的威脅，也曾經與西方國家簽下不平等條約，而這樣的遭遇讓日本陷入前所未有的危機當中。然而如此的處境也令當時的知識分子開始思考，國家的出路，是在於向西方看齊，還是進一步深化傳統立場？是躋身成爲西方的一員，或者固守亞洲的傳統價值？

就在東方與西方之間的徬徨跟擺盪中，日本還是選擇了走上認同於西方文明的道路，一時之間，「文明開化」（現代化）「富國強兵」「脫亞入歐」的說法甚囂塵上，人們似乎是相信，唯有現代化，才是擺脫民族危機的自救捷徑。

於是，明治維新成了日本走上強勢的關鍵，追隨西方的腳步成了日本的全民運動，小至飲食衣著，大至國家制度與語言政策，全都有著西方魅影緊緊跟隨。而在西潮的鋪天蓋地下，日本制訂憲法、設立國會，同時也逐步完成了國家的統一。

與此同時，日本也全力投入「殖興產業」，這推進了產業革命的腳步與資本主義的高度發展，而甲午戰爭（一八九五）與日俄戰爭（一九〇四）的接連勝利，更是爲日本掙得強國的地位與自信，並在最後終於擺脫了不平等條約的束縛。

只不過，在效仿西方而取得了初步成功的同時，日本也追隨西方複製了帝國的幻夢，磨刀霍霍，準備向鄰近的國家伸出魔爪。

如果說，明治時期是上一代人對於國家的苦心經營，那麼，大正時代便是追求社會的更上層樓，甚至是壯大國家野心的時期。

在明治時期的國家建設基礎下，日本在大正三年到七年（一九一四～一九一八），也就是第一次世界大戰的期間，以一個新興強國的姿態加入英、法、俄國的陣營，與德國對抗。由於遠離主戰場，因此並沒有帶來太大的資源耗損，反而是在戰爭勝利後，坐收青島與南洋諸島的利益。所以一場戰爭下來，反而讓日本發了一筆不小的戰爭財富，瞬時間，日本的出口急速成長，國際地位提升，而景氣也呈現了空前的繁榮。

另外，也就是在這個時候，國際間興起了勞工與農民的社會運動，「民眾」的概念受到矚目，再加上日本亦打著「民主」的旗號，而成爲國際聯盟的一員。於是在這樣的時代氣氛下，日本國內興起了一股民主的風潮，一般將之稱爲「大正民主風潮」。

大正民主風潮的影響，並不僅僅限於政治層面而已，同時也深入了一般民眾的生活與思想之中。

前述的桑原三郎所提到的無論是「普通選舉」或「勞工運動」，都是爲了抵抗明治以來藩閥政治的獨裁專制，因此企圖藉由普通選舉來確立政黨政治。而在另一方面，由工會運動領導人物如鈴木文治、賀川豐彥等人所組織的「友愛會」，在勞工運動史上首度為罷工權、團結權以及團體交涉權等等，確立了合法的地位，這也充分展現了大正民主運動所具有的覺醒精神。

而至於「發現人」或「發現兒童」，則是一場將「個人」與「兒童」提升為存在的主體，並將之落實於教育中的改革運動。這股興起於大正時代的新教育運動其主要目的，是為了要改革明治以來充斥在舊式教育中的威權主義、形式主義以及填鴨式教育等等為配合國家統治需要，而展開的制式教育。許多教育家們因而引入歐美的自由教育、個性教育與生活教育等概念，企圖扭轉過去以老師為教學主體的方式，而改以兒童為主要的考量，從拘束轉為自由，從他律轉向自律的教育形態。

這樣的動向與轉變，與歐洲的文藝復興有著幾許類似，因為這股風潮不僅在政治層面上激盪出諸多變革，更是為文學、藝術乃至於教育的領域，開啓了前所未有的多元而蓬勃的氣象。

大正這個年號隨著大正天皇於大正十五年（一九二六）十二月二十五日因心臟麻痺去世而終止，而繼位的天皇將年號改為「昭和」。不過，所謂的大正民主運動並不因此而戛然終結，可以說，這股在社會的各層面刺激出改革動向的民主運動，一直到昭和六年（一九三一）滿洲事變為止，一直都是持續不輟的。

這股社會風潮不僅僅發生在日本國內，就連日本殖民地的韓國與台灣，儘管情況與程度各異，也同樣是被捲進了這一波難以抵擋的歷史浪潮中。總之，大正民主運動不但是日本國民爲了抵抗獨裁體制所掀起的自由民權運動，同時也成爲殖民地人民的覺醒契機。

在台灣，由林獻堂所帶領發起的「台灣議會設置運動」，以及隨之而來的各種社會改革呼聲，也可以說是在這股波潮影響下的自覺運動。台灣的被統治者，在早期是採取以武力對抗日本帝國的形式，但是在屢被壓制的慘烈過程中，也逐漸凝聚了另一種反抗形式，那就是從自身內部升起「民族自決」的吶喊，尋求從議會的設置、制度的建立，來追求自主的可能性。

現在回想起來，從我出生以來一直到接受「公學校」基礎教育的這段期間，可以說，正是在這波大正民主運動的風潮中成長。這些由日本殖民者所帶進來的元素，再加上台灣特殊的本土環境，那些糅雜著環境與歷史的各種因素的總和，形塑了我們這一整個世代的台灣人。

鄉土教育

說到「鄉土教育」，應該不至於讓現在的台灣人感到陌生，現今所推行的鄉土教育，是在對於台灣本土的關懷日益受到重視之後所逐漸落實的教育，在內涵上，當然是主張以台灣爲主體的一種教育設計，不過在淵源上，一個久被遺忘的事實是，它其實與日治時期、甚至是德國的教育理念，有著相當密切的關聯。

我在一九三一年進入公學校就讀。當時台灣的小學分成「公學校」與「小學校」。公學校是給台灣小孩念的學校，小學校則是日本人的小學。我在昭和六年（一九三一）四月的時候，因爲搬家的緣故，不得不暫時在埤頭庄的小埔心公學校一年級就讀，而第二學期之後才轉到故鄉的北斗公學校。當時的北斗公學校校長是一位叫做荒謙助的日本人，整個學校在荒謙助先生的帶領下，呈現的是活潑蓬勃的氣象。

日本的文部省（相當於教育部）打從一九二七年開始，便在全國的師院附小裡實驗性地設置「鄉土科」，並在一九三二年廣設「鄉土教育講習會」。而這位任職北斗公學校的荒謙助校長爲了建立鄉土教學的教材，則是早一步在一九二八年的時候，便發動全校的老師，針對北斗地區展開有系統的鄉土調查，並且在一九三一年，也就是在我小學一年級的時候，完成一部長達三百六十六頁的報告書。

這份報告書是油印的未刊本，封面用大大的字寫了「鄉土調查」四個字當作書名，左側則引用了馬克斯•萊尼格爾的一句話：「鄉土知識是所有學校的教學原理，是生命的根源與基礎。」

另外，在這份報告書的〈序〉中還提到：「從今年的春天開始，在我們同心協力、不懈的努力之下，目前已經完成了第一個階段，但是還留下許多補充與訂正的工作有待繼續。鄉土的社會現象，猶如永不止息的流水，所以同樣的，我們的調查工作，也是不會有結束的一天！」

實際上也正如序言所說的，這一份調查報告書即使在完成後，學校每年都會編派專人進行修訂補記的工作，一直到戰爭結束，日本人離開台灣爲止。值得一提的是，這份報告書後來由彰化縣文化局翻譯整理，並於二〇〇三年以《北斗鄉土調查》爲名出版，至今仍是北斗地區重要的文獻資料。①

而這樣的一份由小學教師們所通力完成的報告書究竟是怎樣的內容？如果我們從它的章節來看的話，便可以有一個大概的了解。這份報告書共分成十四章，分別是北斗街的歷史、自然、土地、戶口與勞力、產業、需給物品、金融、交通、自治、各種團體、教育、街民的生活、鄉土的衛生以及鄉土傳說等等，看得出來這是一份涵蓋面非常廣泛的報告書，這對於地方鄉里毫無疑問是一個彌足珍貴的寶庫。

當然，如此巨細靡遺的調查，是由日本政府所主導獎勵，並由地方所發起，因此對於這樣一份的地方遺產，可以說是隱含著兩個層次上的意義。

首先，鄉土教育在第一個層次上是與「國家」建設密切相關的，也就是說，基於「國家」的建設需要，而必須對於「地方」展開調查與收編的工作。台灣成爲日本殖民地之後，殖民政府便十分積極地投入台灣「舊慣調查」的工作，一方面雖然是想要了解台灣的風俗民情、文化與習慣，然而知識畢竟是一種力量，是權力的基礎，換句話說，對於台灣了解得越透徹，就越可以進一步有效掌握台灣，更有利於統治。

但是在第二個層次上，我們似乎也不得不承認這種對於地方的重視，以及對於地方知識的建立與累積，確實也爲台灣留下了珍貴的遺產。就像那一本《北斗鄉土調查》，它在戰後好長的一段時間裡幾乎是被人遺忘了，直到人們開始重視起自己的地方與故里，它才又被人重新挖掘整理，並再一次令人驚嘆於我們所居住的地方原來有過如此的風貌與內涵。

說起日本的鄉土教育，其實是師法德國的一個經典案例，德國早在十九世紀以來，便開始提倡以鄉土的自然與文化作爲學校教材，幫助孩童了解自己的鄉里周遭，藉以培養愛鄉土、愛國家的情操。後來更是在第一次世界大戰吃了敗仗之後，以史普蘭格（E.Spranger）於一九二三年的演講「鄉土科的陶冶價值」爲理論根據，在全國的小學開設鄉土科。

而日本在德國的影響下，亦早在十九世紀末便引進了鄉土課程的概念，特別是在一九二九年之後，由於日本受到經濟大恐慌的波及，導致農村凋敝，爲了協助農村的自力更生，於是在文部省的獎勵與指導之下，以全國性的規模展開了鄉土教育的推廣，當中包括了鄉土調查、鄉土地形的模型製作、鄉土館的建設以及鄉土讀本的編纂等等。當然，這一波鄉土熱潮也很快地波及到了台灣。

因此鄉土教育的實踐，除了對於鄉里展開各種調查與記錄之外，同時也透過學校課程的安排與設計，落實在學童的身上。我在學生時代所親身體驗的鄉土教育，除了編入教材裡的鄉里知識之外，還有一種是屬於廣義上的「生活教育」。例如，在北斗公學校的實際教育當中，各班級都有它們自己所分屬的田地，學生們可以在這些田地裡種植蘿蔔、胡蘿蔔、茄子、花椰菜以及甘藍菜等等，或者，也可以依四季的推移而種植自己所喜歡的植物。學生們必須辛勤地澆花鋤草，並且不得假他人之手，靠的是自動自發與互助協力來進行墾殖。

然後在升上了較高的年級之後，還會分配到佔地甚廣的水田，學童就像農夫一樣，全程參與播種、插秧、鋤草以及割稻的程序。不但如此，學校還設有磚瓦築成的

「堆肥小屋」，屋內高高地疊著乾草、稻稈，每天必須從廁所裡挑出糞尿倒進小屋之中，在等待堆肥腐爛的過程中，還要輪班定期加以翻攪。所以，每當一靠近堆肥小屋，沖天的臭氣撲鼻而來，而當時的肥料，就是以這樣的方式製作出來的。這些差事都是利用下課或假日期間來進行。我們在堆肥小屋裡做了數不清的工作，而在水田裡所進行的勞動滋味，諸如插秧、鋤草與割稻等等，也透過身體力行，深深地銘刻在我們的頭腦與四肢之中。

說起一般的教育容易流於抽象的空論，與具體的現實世界疏離，同時也往往無法扎根於事實而流於形式，因此造成生命內涵的缺乏。而眞正的鄉土教育展現了教育最深的根源，亦即那植根於現實世界的眞實生活中。

也就是說，鄉土教育是讓兒童從身邊最貼近的、亦即從最清晰的直觀所能夠獲得的生活範圍乃至生命經驗爲開端，然後以此爲中心加以延伸、擴大。因此所謂的「鄉土」，既可以是如同史普蘭格所說的：「鄉土乃是精神上的根本情感」或「有關土地的體驗與被體驗的統合」等等，乃是就主觀層面來觀察。「鄉土」同時也可以是像德國學者威爾曼（O. Willmann）所說：「是超越了興趣與同情的對象，是與之共同成長，並且非成長不可的內容。鄉土感是倫理統合的契機」、「鄉土是眾人所渴望的一種財產，是所有陶冶倫理的統合中心點」等等從客觀立場來論。

鄉土的根本，姑且不論它的主觀或客觀面向，畢竟是因其兼具兩者的特性，因此可以在教育的意義上獲得充分的發揮。

但是，「鄉土」的概念不僅僅只是教育上的理念而已，綜觀台灣新文學的發展，便至少有過三次針對「鄉土文學」的議題進行熱烈的討論。最早的一次是一九三〇年由黃石輝所首開其端的〈怎樣不提倡鄉土文學〉，這個「鄉土」的概念開啓了持續數年而不歇的鄉土話文與文學的論戰。第二次是戰後初期一九四七到四九年之間，發生在台灣新生報《橋》副刊上，本省籍與外省籍作家之間有關台灣文學歸屬問題的論爭，而第三次便是七〇年代最負盛名的鄉土文學論戰了。

這三次的鄉土文學論戰，所牽涉到的是台灣主體性與定位的問題，對於「鄉土」概念的辨明與衍義，在台灣文學文化的發展中，無疑是佔據了一個極其關鍵的位置。

總之，這個看似本鄉本土的「鄉土」概念，其實有著複雜的影響來源，換句話說，對於台灣本土的重視，背後其實還存在著日本異族這個在歷史的陰錯陽差中所扮演的推手角色，這正也顯示出台灣影響來源與認同的多樣與複雜性。

學藝會

除了鄉土教育之外，當時學校的許多活動也是很令人難以忘懷的，像是學校定期舉辦的「學藝會」便是其中之一。學藝會有點像是學習成果的發表會，小學生以音樂、舞蹈或戲劇的方式演出，並邀請家長或親朋好友前往參觀。學藝會的目的除了是鼓勵小學生積極參與團體活動、磨練上台表演的膽識之外，或許更還是有效植入「日本意識」的一種方式，當然這是在我還是小學生的時候所不可能察覺的事後推斷。

總之，我曾在公學校一年級的時候表演獨唱。而學藝會不只是學校的大事，在鄉里社區中，也是件猶如節慶一般吸引眾多人員參與的活動，所以在我上台表演之前，與我們家十分親近的三叔，便十分得意地向左鄰右舍吹噓一番。上了二年級之後，我在學藝會的戲劇表演中扮演一隻兔子，故事的內容是取材自《古事記》。

《古事記》是日本最古老的歷史書之一，就像其他許多藉由國家的力量所編纂的史書一樣，當然是少不了大和民族從開天闢地而至天皇確立其正統地位以來的各種建國神話。而這些民族神話也在大正時期由兒童文學家鈴木三重吉改編成《古事記物語集》，以孩童所易於接受的故事形態重新呈現，而學校便是以之爲題材，透過戲劇的方式，令兒童經由肢體來感受、銘記這些日本神話的內容。

我所扮演的兔子是來自於「因幡的白兔」當中的角色，記得整齣戲共有五、六幕的演出，布景也是大家共同合作所製作出來的。故事是說，在遙遠的古代，當日本還未建國時，一隻狡猾的兔子想過河，卻苦於沒有渡河的工具，於是牠向水裡的鱷魚（一說是鯊魚）說，我們來比賽誰的同伴數量比較多，所以鱷魚們在水中向著對岸方向一一排列，好讓兔子可以逐一清點。而兔子便在鱷魚身上一邊數著一邊往對岸跳了過去，在快要接近岸邊的時候，兔子得意地向鱷魚說：「你們被我騙了！」鱷魚一聽非常生氣，於是一翻身，便將兔子的皮給剝掉。沒了毛皮、裸露而且受傷的兔子躺在地上哀嚎，這時前往迎娶「八上姬」的「八十神」剛好路過，他告訴兔子說：「以海水浴身，然後到山上吹乾，便能治好身上的傷。」但是兔子雖然照著八十神的話去做，卻是弄得皮開肉綻、痛苦不堪。後來是幫八十神搬運行李的兄弟——同時也是象徵大地與建國神話的——「大國主」出現在兔子面前，建議牠到河口把身體洗乾淨，然後再敷以盛開在河口的香蒲花粉，兔子照做後果然恢復了原貌。這隻兔子後來被稱作兔神，而這兔神向「大國主」說，能夠贏得八上姬芳心的將不會是八十神，而是大國主。之後，大國主得到了各方的助力，並且建立了國家。

儘管七十多年都過去了，故事的內容還讓我印象深刻，學校的教育，確實有它不容忽視的影響力。

學藝會的表演除了舞台劇之外，還有歌唱與舞蹈的表演，是很令人期待的學校盛會。不過這種多姿多采的公開表演活動，在我公學校四年級的時候便停止了，或許是因爲戰事越來越吃緊的緣故吧！現在回想起來，在公學校一至三年級的那段時光，學校生活的種種，都還是充滿著樂趣與文藝氣息的。

試膽會

說到公學校令我印象深刻的，除了學藝會之外，還有所謂的「試膽會」。即使是現在，日本在小學畢業之前都會舉行一場試膽會，而這樣的試膽會由來久遠，我在小學即將畢業的前夕，便親身嘗試了一次驚悚刺激的試膽體驗。

整個過程是這樣的：大約在十二月的某一天，上完課之後的傍晚時分，老師們聚集了所有的畢業班學生，女同學負責晚間的伙食（紅豆湯），而男學生們則懷著忐忑的心情，準備晚上即將到來的一場人生試煉，那就是「試膽會」。

在吃完了一頓溫馨的晚餐之後，天色也早已昏暗，學生在教室集合，由老師們輪流講述各種奇異而且恐怖的鬼故事。然後大約在半夜時分，所有人員朝向一處墳場前進。

在試膽會裡所必須通過的考驗是，學生們得要單獨穿越偌大的墳場，而墳場的某處有一個大窟窿，裡頭放著寫有學生名字的木牌，學生必須從中找出自己的木牌，然後再循線走完那剩餘的墳場之旅。

在冬日午夜的墳場，伸手不見五指，周圍的竹林傳來詭異的擠壓聲音，竹節吱嘎作響，刺骨的寒風迎面吹來，孩子們單獨在高高低低的墳丘之間尋尋覓覓，一路提心吊膽地向前行進。途中還不時會出現穿著白衣、披頭散髮的鬼魂，它們都是出現在方才聽過的鬼故事裡頭的人物角色。行進中還會不小心給繩子絆倒，不然就是被天上掉下來的異物嚇了一大跳。在穿過曲折的路徑之後，好不容易來到老師所指示的大窟窿，裡頭卻是一副駭人的靈堂擺設，就算是找到了寫有自己名字的木牌，但是盤繞錯雜的繩索卻是怎樣也解不開來。這裡考驗孩子的不僅僅是膽量，還有耐性。

走完了一趟驚魂之旅後，老師們會向早已嚇得臉色發白的學生問道：「你們說說看，眞的有鬼的存在嗎？」而學生們縱使驚魂未定，卻也了然於心：那些裝神弄鬼的各種情節，不過就是人爲的一場布局。於是，這試膽會彷彿是一場小小的成長儀式，小孩從中所體驗與領悟的，是神鬼迷信的破除。換句話說，在小學畢業前夕的試膽會，其實是老師們送給學生的一場「去魔化」的儀式，要孩子們不要迷信，不要害怕，也希望藉由這麼一次刻骨銘心的過程，要他們不要忘了往後的人生所要追求的，是理性的態度與境界。

閱讀經驗

小學一至三年級的導師是王萬居先生，而他也是啓發我們閱讀樂趣的一位好老師。日治時代的學校，在一學年當中共有三個學期，而王萬居老師每學期都會替我們向東京訂購過期的日文雜誌。由於當期的日文雜誌非常昂貴，不是我們這些小孩子負擔得起的，但是又禁不起閱讀書籍的誘惑，所以學生們總是引頸期盼從東京寄過來的書籍雜誌，這些過期雜誌十分便宜，是當期雜誌價格的一半以下。

所以只要王老師一聲吆喝：「書來嘍！」大家便爭先向老師購買書籍雜誌，當中包括了兒童雜誌、探險小說，還有漫畫書等等，而所有的雜誌當中最受歡迎的就是《幼年俱樂部》，裡頭有著各式各樣的兒童詩、散文、小故事，以及和科學相關的文章，當然還有漫畫的連載，插圖也非常生動有趣。我們的教室裡也設有專屬的書櫃，隨時開放給學生借閱，而記得同學們對於書籍的閱讀也都抱持著極大的熱情，當然，我們所閱讀的，清一色都是日文書。

小學所安排的課程當中，音樂歌唱是學生最喜愛的一門課，拍拍唱唱其樂融融。

但是比起歌聲旋律，歌詞的內容更是教人神往，尤其是那些出自詩人的名作，如西條八十的〈金絲鳥〉，島崎藤村的〈椰樹的果實〉等等。優美的文字交織在流暢的旋律中，牢牢地抓住稚嫩的心靈。原本是平靜如湖水的童心，在接觸了這些歌唱之後，開始泛起了情感與審美的漣漪，擴大開來的則是語言之美的發現，這是我對於詩歌的第一次接觸。

在我考台中一中的前一天，母親驟然去世，這個打擊實在不是一個十三歲小孩所能夠承受的，因此考試失利，最後決定北上，就讀「台北中學」。上了中學之後，國語（日治時期的日文課）課本裡收錄有幾首「新體詩」。當時的任課老師畢業於東京帝大，在求學時期親炙於日本許多知名文學家的門下，所以國文老師經常提及那些知名作家們的作品，還有各種逸聞趣事，聽來讓我們這些在殖民地長大的孩子們備感親切，十分嚮往。

對於詩的作品，老師所極力推薦的是島崎藤村。當時國語課本中有一篇藤村的長詩〈晚春的別離〉，全詩共有一百五十行，以七言與五言為基調，老師要我們全詩背誦。藤村的詩作雖然被認為是開創日本詩歌新時代的一個起點，但若從現代的角度來看，無異是一種「自由韻文」，念起來琅琅上口，趣味無窮。晚上在外出的歸途中，在幽靜的夜色下，幾位要好的同學手搭著手，以腳下的木屐伴奏，放聲朗誦這篇長詩，一句接著一句，長嘯且徐行。

中學的國語課程當中還有一門漢文課，主要是學習中國的四書五經、詩詞歌賦，不過是透過特殊的方式以日語來吟詠，這是我接觸中國韻文的開始。

課餘閒暇待在租來的房間裡，沒事的時候總是喜歡坐在窗檯邊，面對寬闊的空地，大聲吟唱喜愛的詩歌，鄰居們聽著這自我陶醉的詩歌吟唱，也總是報以親切的眼神，未曾加以制止。

「漢詩」在日本的文化傳統中是無比重要的一環，而我依照老師的指示，買了一本改造社出版的《現代日本詩集：現代日本漢詩集》，以及岩波文庫出版的《唐詩選》，這是我生平頭一遭購買詩集的經驗。當新書到手時簡直是興奮極了，還以爲所有的漢詩，全都囊括在這兩本書裡頭了。

離開家人獨居台北雖然不免寂寞，但是升上中學的高年級之後，最快樂的事情，莫過於每逢星期假日在舊書店流連忘返，那時候的舊書店大都集中在西門町，還有台北帝大附近的古亭町一帶。當時二手書籍的流通十分快速，許多叫好或叫座的書籍往往很快就能夠在舊書店裡找到。

所以也拜舊書店之賜，使我開始接觸到日本的「新體詩」（有點像是我們所說的「新詩」），以及出現在二〇、三〇年代的「現代詩」，諸如頻繁出現在《詩與詩論》雜誌的春山行夫、安西冬衛、北川冬彥、北園克衛，以及日本超現實主義的推手西脇順三郎、瀧口修造，還有前衛詩人萩原恭次郎，與介紹未來派不遺餘力的神原泰等等詩人。在小說方面，我也閱讀了不少崛起於三〇年代的「新感覺派」作品，如横光利一、川端康成、中河與一等人的作品，都是我十分著迷喜愛的。

此時我也養成了抄錄筆記的習慣，只要看到喜歡的字句，便會一字不漏的抄錄下來，甚至也經常有整章或整本書都不放過的情形。

對於西方現代作家的認識也是始於中學後期的階段，像是龐德（E. Pound）、艾略特（T.S. Eliot）、喬艾斯（J. Joyce）、康明思（E.E. Commings）、阿保里奈爾（G. Apollinaire）、紀德（A. Gide）、布魯東（A. Breton）、里爾克（R.M. Rilke）、卡夫卡（F. Kafka）等等。當時雖然大量閱讀了西方的現代詩人與小說家的作品，但大都是囫圇吞棗、一知半解，只覺得文學作品竟然可以這麼使人沉湎忘我，既撫慰離家的鄉愁，也在喪母的失落中獲得些許的解脫。尤其是在升上高年級之後，由於感染瘧疾而長期缺課，那時並沒有辦理休學，而是每逢考試的時候才在學校出現。長期的居家期間，就是讀書最快樂。

這段期間雖然大量閱讀了日本及西方的文學作品，但實際上並未曾醞釀「成爲詩人」的念頭，當時只是很單純地打從心裡喜歡讀詩。我一直保持著一種習慣，就是在散步的時候，當腦海中偶然掠過一些頗富詩意的詞句，我會順手拾起地上的小石塊，將那些稍縱即逝的語言記錄在偶然邂逅的石塊上頭，然後將之遠遠地拋向空中，或拿來打水漂，什麼也不曾留下。

說起我的中學生活，那位於士林的台北中學是一所私立的學校，學生大都是「本島人」（亦相當於我們後來對於「本省人」或「台灣人」的稱呼），但每班仍然有著三到四位的「內地人」（日本人）學生。

這所學校在當時還很新，我是第四屆的學生，而賴和的公子則是第一屆的學生。這所新的私立學校在校風上有它強悍的一面，台北中學的柔道很厲害，曾經拿下全島第一名，並代表台灣赴日比賽。

一般而言，同校學生之間的感情都還算不錯，不至於有太多的衝突，但是與外校之間就沒那麼平和了，打群架時有所聞。打架的理由大概也跟現在差不多，通常是因爲互看不順眼，有時候只是不經意地瞄了某人一眼，隨即兩方人馬就對上了。但是有時候是故意挑釁，爲了打架而與對方相互瞪眼。

而日本學生也不會因爲是「殖民者」的身分就能夠免於挨揍，相反的，他們有時候也會在眾多的台灣學生之間顯得較爲弱勢，我想這些日本人應該也有他們一套保身的哲學吧？

日本是一個十分重視階序的社會，這點也反映在學校的日常行儀之中。每天在上學途中，遇到學長必定要舉手行禮，碰到老師更得停下腳步立正敬禮，待老師回禮示意後，才能繼續往前行走。而每天早上的朝會也是學長們耀武揚威的時刻，當校長及老師交代完事情之後，接下來的時間就會交給高年級的學長們。他們可以站到升旗台上痛斥某某班級的某某人幹了什麼壞事，或糾正低年級學生的各種不是。

學校偶爾也會有罷課的情形，原因大抵是爲了保障自身的利益而與學校進行抗爭，但學校通常也不至於祭出什麼激烈的手段對付學生，頂多就是逮住一個學生教訓一番而已。

由於私立學校的學費實在昂貴，而當時的中學學制是五年，所以念到最後一年的時候，我便轉而考進台北帝國大學附設的「熱帶醫學研究所」所屬的衛生技術人員養成所，在那裡接受瘧疾防治人員的養成訓練。

這個熱帶醫學研究所在當時算是十分先進的，類似的研究所只存在於少數幾個國家，如南美、義大利等等。研究所裡的研究員都是博士級的人物，鎮日埋首於研究室的各種實驗與工作之中。印象深刻的是，有一位年輕的日本研究人員被徵召入伍，但是在即將入伍的當天，這位研究員依舊是一身邋遢，鬍子也沒刮地專注於他的實驗。於是管理各種大小事物的庶務課長看到他的模樣，非常驚訝，提醒他入伍的時間就要到了，請他即刻開始準備。於是，他在一、兩個小時內匆忙準備入伍。但是過了沒幾天，又看見他身穿軍服出現在研究室裡，專心地弄著他的實驗，彷彿周遭的一切都不存在似的。這個熱帶醫學研究所在戰後則是成了台灣大學的公共衛生學院。

一九四三年十二月，當衛生技術人員的訓練課程結束時，太平洋戰爭已是呈現一種歇斯底里化的狀態，包括殖民地在內的年輕男子都難逃被徵召入伍的命運，被動員投入那連日本軍方都不認爲會打贏的「聖戰」。此時我也被安排調駐新幾內亞，擔任隨軍的衛生人員，這項任務簡直就跟死刑宣告差不了太遠，於是我寫了一封文情並茂的陳情書給研究所的庶務課長，或許是被我的種種藉口或文筆給打動了，最後竟然免去了遠赴陌生異地、生死未卜的劫難，連我自己也十分意外。

之後，我回到「田尾國民學校」②任教，擔任四年級的導師。此時太平洋戰爭已是接近強弩之末，美國空軍定期轟炸台灣，但是學校依舊照常上課。每天在例行的升旗典禮與朝會之後，全校師生進到教室裡開始上課，但往往連第一節課都還沒上完，空襲警報便四處響起。此時老師們分隊帶領學生朝不同的方向散開，而學生也秩序井然地以最快的速度疏散回家。在護送學生離開後，留校繼續上班的老師便進入學校的防空洞躲避美軍的空襲，同樣的情形，日復一日。

美軍的轟炸機雖然來勢凶猛，肆無忌憚地在台灣上空飛來飛去，但時日一久，大家卻也習以爲常了。教師們在大半的時間裡無所事事，倒落得清閒，於是我開始在防空洞或樹蔭底下展書閱讀，而因職業上的需要，我的閱讀範圍也從文學擴大到教育學、哲學、心理學等等的專門書籍，埋首書海盡興閱讀，可以說是戰亂時的一大收穫。

那個時候我也接觸了哲學的書籍，而存在主義、現象學以及詮釋學相關的理論，在日本的三〇年代風行於一時，於是我也開始從書店蒐集這方面的著作。如海德格（M. Heidegger）的《存在與時間》、鬼頭英一的《海德格的存在學》、胡賽爾（E. Husserl）的《純正現象學及現象學的哲學觀》、千葉命吉的《現象學大意及解明》等等，買回來擺在書架上最顯眼的地方。當時這些書，與其說是爲了研究，倒不如說是炫耀吧！當來訪的朋友如獲至寶地翻閱著這些書籍，在旁的我便有一種虛榮的得意。有時從這些似懂非懂的內容找到一絲的靈感，而與友人爆出一場激辯，然而這無非是捕風捉影的高談闊論罷了，年輕時的賣弄知識應該是無可厚非吧？那時畢竟只有二十歲，當然，藉由閱讀的點滴累積，畢竟還是在往後人生的各個階段裡，以不同的介入形式，成爲我思考與寫作的泉源。

當時也因爲戰爭的緣故，男子多被徵調，因此學校有較多的女老師。而日治時期的學校也保留較多的「日式」作風，例如，女老師們無論是日本人或台灣人，總是比男老師還要更早到校，幫忙整理環境、煮水泡茶、插花、拂拭桌椅灰塵等等，而男老師喝茶聊天、女老師們在旁邊張羅大小事務的景象，似乎也是極其平常的。不過即使是現在，這樣的景象在日本，恐怕也還是不足爲怪的吧？

若要說起同事之間的相處，我不記得職場台灣人與日本人之間有什麼難解的種族仇恨，當然，不平等的確是存在的，不過弔詭的是，不平等的狀況是人盡皆知的事實，也就是說，日本人教師在明文規定上，就是比台灣人教師多了六成的津貼，這是誰都知道的事實。不像戰後社會上的許多「不平等」現象，反而是以一種隱晦的方式存在，而那視而不見或看不見的「不平等」，卻在無形之中逐漸累積成一股怨怒，成了一發不可收拾卻又難以收拾的複雜情緒。

註釋

①根據《北斗鄉土調查》（二〇〇三）的序言，這份日治時期以眾人之力所完成的報告書未曾正式刊行，而是由歷任校長接手，持續進行訂正添補的工作。而這份寶貴的遺產在戰後幸得劉金木先生善加保存，才終於獲得以出版方式公之於世的機會。許多日治時期有關台灣的各種資料與紀錄，不是透過官方，而是透過民間的保存，才免受逸失的命運。

②一九四一年三月時將原本日本人所就讀的小學校、台灣人及原住民的公學校一律改稱「國民學校」，或許是因為在戰爭期間，日本政府意識到必須將包括殖民地住民在內的人民收編在國家概念底下的「國民」當中，而所進行的改變吧！

第三章　戰前到戰後

太平洋戰爭的最後一年

當德國人在一九四五年五月七日無條件投降時，墨索里尼（B.Mussolini）在這之前，已被義大利愛國分子處死，之後的八月六日、九日，美國在日本的廣島與長崎先後投擲兩枚原子彈。緊接著蘇俄在八月九日對日本宣戰，於是，一九四五年八月十五日的那一天，日本天皇透過電台廣播，宣告日本無條件投降。於是太平洋戰爭結束，同時，那侵略中國而造成巨大傷亡的中日戰爭，以及擾亂世界和平的第二次世界大戰也總算結束了。

戰爭結束的那一年，我二十二歲，終戰之前，正被日本政府徵調爲日本帝國軍隊的二等兵。入伍的確切時間我已經記不大清楚了，大概是一九四五年的年初。根據台灣總督府於一九四四年九月一日發布的「台灣徵兵制度」所規定，一九二四年十二月一日以後出生的台灣人具入伍當兵的義務。照這條規定來看，如果我提早十二天出生，就可以免除掉這項任務，然而不巧我是一九二四年的十二月十一日出生，所以，在體格檢查評定爲乙等合格之後，隨即徵調入伍。

當時日軍駐防在台灣的有兩種部隊，一種是常駐在台灣正規軍營裡的「台灣軍」，另一種是從外部派來隨地駐紮的野戰部隊，而我被徵召編入的「劍部隊」是屬於野戰部隊。

「劍部隊」的前身是日本常駐在中國東北三省赫赫有名的「關東軍」，其成軍的目的，原本是爲了要防禦蘇俄西伯利亞軍隊的入侵，但是，由於蘇俄爲了避免日、德的兩面攻擊，同時，日本也爲了順應推進南方態勢的政策需要，於是日本與蘇俄之間在一九四一年四月簽訂了「日俄中立條約」。後來，一九四一年十二月，美日之間發生了太平洋戰爭。日本爲了增加南方戰場的兵員，關東軍在極爲保密的情況下轉進到台灣。不過，它最後眞正的目的是南方戰場，而不是台灣。所謂「南方戰場」指的可能是菲律賓或印尼等地，但是後來之所以沒有去成而常駐在台灣，據說是因爲日本當時已經失去制空權，因此沒有足夠的能力保護軍船所致。

這關東軍在轉進到台灣的途中，經過朝鮮半島時，曾調集一些年輕的朝鮮新兵，而經過日本九州時再召集一些年紀比較大的日本後備軍人，其中有的曾經當過公司的社長，蓄著鬍子看起來很威風；有的則是不善言詞的敦厚農民。總之，隊員分子形形色色，各有來歷。他們所搭載的軍船曾經在九州外海遭美國潛水艇擊沉，於是在寒冷的海上，抓著浮木經過了一整夜的浮沉之後，才總算被救起。到了台灣之後，又徵調了一些年輕的台灣新兵，而我就是在這個時候被徵調入隊的。

在我入伍日本陸軍之後，先到嘉義接受約一、二個月的基本軍事訓練，然後被分發到「重機關槍隊」。那是一個中隊，駐防在台南附近「埤子頭」的國民學校，記得另外還有一個直屬的機關位在關廟。

當時，盟軍飛機天天出現在台南市上空，向下投擲炸彈。剛開始，日軍還會以高射炮猛烈迎戰敵軍，但後來攻擊能力逐漸低落，最後索性任由敵軍在空中來去。記得有一次演習的時候，不知從哪裡冒出美機P38戰鬥機低空向我們襲來，在毫無預警之下，根本無從尋找遮蔽的地方，此時大家只能就地臥倒。而美機在一陣噼哩啪啦的掃射之後，班長緊急集合大家，要我們馬上離開現場。原來有人因此受傷，而班長不想讓我們目擊當時的情況，於是大夥們就地解散。

又有一次，班長突然吩咐：「每人各帶一支鐵鉗集合！」但是沒有人知道究竟要做什麼，此時未到黃昏時刻，班長率領大家來到了被炸得滿目瘡痍的台南市，他坦率地告訴我們：「因爲我們中隊裡沒有足夠的鉛線來蓋馬廄，所以我們得盡量去撿一些被炸落在地上而無法使用的電線，只不過要大家特別注意的是，趁戰亂盜取公物是要判死刑的。」

就這樣蒐集了好一陣子，直到夕陽西下，大夥們已經蒐集了足夠的鉛線，於是將這些撿來的戰利品悄悄地運回營地。有了這些鉛線物品之後，克難的野戰部隊專用馬廄，才總算是顯得有點樣子了。

日本軍隊裡也有逃兵的問題，究竟有多少並不清楚，只知道當中有日本人、朝鮮人，也有台灣人。其中，日本人和朝鮮人多半是因爲想自殺而逃兵，所以，每有逃兵的事件發生，中隊長就會派兩個軍人出差去調查這件事情。記得我有兩次被指派這個任務，之所以編派我這個任務是因爲我懂得台語，而另外一位擔任搜查官的，是我中隊裡的小隊長。他是「見習士官」（在第二次世界大戰期間專爲大學在籍學生而設的）出身的少尉。小隊長向中隊長報告後立即出發，而就在我們踏出營門之前，中隊長卻告訴我們：「不管怎樣，今天就盡興地到處走一走吧！」

第一次出公差，我們選擇前往玉井。抵達玉井時天色已晚，卻在燈火管制下用餐時巧遇同鄉，於是大家一陣寒暄之後，互祝前程順利。而第二次出公差則是選擇了新營，日治時期的日本人在那裡經營頗具規模的製藥會社，這家公司的宿舍裡住有不少的日本人，所以小隊長建議不妨到那裡一遊。意外的是，當我們到了那裡，公司宿舍爲了歡迎我們兩人，便開起了一次家庭式的表演會。表演內容有獨唱、合唱、短劇、舞踏……等等，會後還送給我們祝福武運長久的「吉祥小娃娃」，日本人將之稱爲mascot（即現在所稱的「吉祥物」）。

不知從什麼時候開始，中隊重新分配成幾個可以單獨作業的分隊。五、六個士兵帶著一架重機關槍，主要鎖定水源池、橋樑等等容易遭敵機攻擊的地方駐守。我們通常會找一個隱密的地方住下來，一住就是好幾個禮拜，而在這段期間裡，完全沒有嚴格的軍隊管理。白天到了駐防地，班長就會半開玩笑、半命令地說：「即使敵機來了也不要反擊，反擊的話只會被敵機殲滅而已。」班長說的是實話。

晚上，趁著明亮的月光，我們會到附近的農村走一走。有一次拜訪附近的農舍，受到村民一大篩子的花生米招待。又有一次，遇上農家的老婆婆，我以台語向她問路，老婆婆原本以爲我是日本軍人，在說明了原委之後，她感動地從家裡拿出一大包「紅龜糕」給我。她的孫子也和我一樣，被徵召當了日本兵。

記得當時軍中有不少軍馬，或許有十來匹左右，那時的重機關槍訓練通常是由四個士兵以肩膀扛著，但是有時候也會將之支解爲機身與機架，各自放到馬背上馱著。爲了照顧軍馬，中隊會輪派士兵擔任「馬小屋當番」（「當番」就是値班的意思），有時看顧的士兵騎在馬背上，便唱起了悲涼的軍歌：

ああ草枕（くさきくら）、幾度（いくたび）ぞ捨（す）てる命（いのち）は、惜（お）しまねどまだ尽（つ）きざるか、荒野原（あれのはら）。

啊啊，好幾次，以草茵爲枕席，
原本就要捨棄的生命，雖不足惜，
但是，難道盡頭尚未到來嗎？啊，荒涼的原野。

一直到退伍我都沒有機會輪值「馬小屋當番」的工作，但是這首歌的歌詞是如此的淒涼悲切，因此至今都還不曾遺忘。

有一次部隊必須進行大規模的移動，至於是什麼時候，因爲記憶模糊，所以也說不出個確切的日子。總之就在某天的傍晚，中隊全體必須進行「強行軍」（一種「強制」而「激烈」的方式），並且在接到命令的當下就必須動身出發。

有些士兵肩膀扛著重機關槍，有些士兵牽著軍馬，而軍馬背上則馱著分解的機槍或子彈箱盒。全副武裝的隊伍在漆黑的暗夜裡，沉默地、徹夜不眠地進行著「強行軍」。直到天亮，才到達了目的地——高雄港北邊的蚵仔寮國民學校。

抵達目的地之後，全體人員已經疲乏不堪，昏昏欲睡。之後，我們重新改變整編的方式，而被分發到步兵中隊裡去。由於某種「外來客」的身分，我們與步兵中隊的各小隊保持獨立。

有一天在海邊操練時，忽然在遠海的外頭看見一只圓筒正隨波浮沉，原來是一個比人還大的鐵桶，裡頭裝滿汽油。我們隊上的一群老兵想辦法將油桶弄到岸邊，然後再送到教室裡保管，此後這桶汽油成了我們隊上的「隊寶」。在當時物資極端缺乏的情況下，汽油可以跟民間交換很多東西。有一次我們小隊開了一個「盛大」的晚宴，參加的人都可以吃到一條大魚，而這些其實都是靠著那桶撿到的汽油所交換得來的。那天，除了我們小隊的人員之外，其他的步兵中隊只限於班長以上位階的人員，才有資格參加這場「撿來的」晚宴。

回想起這段經歷，或許可以說是一種戰爭的末期現象。大概是因爲戰爭已經接近最後關頭了，人們的精神狀態開始出現一種逆轉的情形，也就是說，原本在面對戰爭時最需要的一種精神上的緊綳與集中狀態，竟然出現了緩慢、輕鬆的節奏。就像埤仔頭營區所體驗的，原本應該是處理「逃兵事件」的任務，最後卻變成玉井、新營一遊，甚至民間老百姓還爲我們這兩位軍人舉辦了表演會等等。在蚵仔寮裡，原本處於物質最爲匱乏的情況，透過「物物交換」「以貨易貨」的原始方法，竟然還可以吃到夢寐以求的魚肉。

不僅如此，當時的個人精神狀態，也不時顯露出一種充滿著荒謬與歇斯底里的氣氛，這實在是太平洋戰爭期間，日本政府所提出的「一億總決戰」（所有人民均必須投入的生死決戰）的反面活教材。

一九四五年八月，部隊裡流傳著有關「新型炸藥」、「日本投降」等等耳語，也就在這個時候，各地的部隊開始有所傳聞，說要試放「新型的武器」。不久後的某一天，軍方把所有的「劍部隊」都給動員了起來，一隊一隊的，以前所未見的龐大數量，全都集中到高雄州的某個空曠的平原上。在那裡，大家屏息凝視著遠方的任何一個小小的動靜。那一天，酷暑的陽光在頭上熱烈地燃燒，等了三、四個鐘頭，在毫無動靜的情況下全體解散。

這段期間，部隊裡瀰漫著詭譎的氣氛，本來說要召集大家宣布事情，最後卻只有班長以上的人員才能夠參加。奇怪的是，出席這場集會的人員在會後各個垂頭喪氣，還無意間聽到某個日本班長搖著頭，嘆息地說：「不知回到日本以後，房子還在不在？」

不久，上級突然來了一道命令，說是要將我們這些「二等兵」升上「一等兵」，然後，就在我們排隊等著升上日本陸軍一等兵的時候，意外地，「解放」的訊息傳來，眾人終於被解除了兵役的束縛，可以回家了。

當然，日本投降這件事情，是我們離開部隊之後才得知的消息。

「除役」後，我立即回到故鄉北斗，我首先拜訪的是曾經介紹我擔任田尾國民學校教員一職的王萬居老師，他在戰後升任原本專供日本人就讀的北斗小學校校長。按照當時頒布的新規定，凡在台灣島內「日本人小學校」的校長都必須改由台灣人來擔任。因此，王老師所接任的校長職位，便持續到日本人撤離回國爲止。

雖然是一段爲期不長的日子，但我志願擔任學校的台語助教，於是王老師便要我以「台語講師」的身分從旁協助。我待在王老師的身邊，協助接收原本只有日本人才能夠管理的學校。

當然，此刻的心情不能不說是十分痛快的，台語，這個原本在日本的「國語政策」底下被壓抑的語言，現在成了日本人必須學習的對象。但是這種得意的心情毋寧是短暫的，旋即我也了解到，日本語並非日本人的專屬，因爲它也早已成爲台灣人生命當中的一部分，這是無關好惡的問題。日語在政治的遞嬗中走上了末路，這更意味的是，我們這一代的失語症狀才要開始，想來是一件多麼諷刺的事情！

在短短一、二個月的時間，日本人便全數撤出了校園。而當地的日本人在即將回國的前夕，借學校的禮堂開了一次盛大的音樂會，透過音樂，他們很有禮貌地向北斗人告別，而北斗人也與他們互道珍重。我無法得知當時多數台灣人對於日本人撤離這件事情的看法，畢竟人人都有自己的故事，也各有各的心理圖景，與日本人的複雜糾葛，畢竟是纏繞在個人不同的生活歷史之中，只能說，對於日本人的褒貶實在很難有個定論，但至少那場音樂會在最後是平和落幕的。

接管日本人小學校的業務告一段落以後，我又回到一般的國民學校，這一次，是到北斗國民學校擔任教師一職。

重返校園

打從戰前開始，我對於教育事業一直是心嚮往之，雖然在日治時期有過一段爲期不算太長的教師生涯，不過仍然覺得有所不足。戰後不久適逢師範學院成立，於是準備投考。很順利地，我在一九四六年夏天考進了師範學院，也就是現在的國立台灣師範大學，於是我重返校園，當起師範學院第一屆的學生。

日治時期的學制與戰後有著極大的不同，日治時期是小學六年、中學五年，中學之後有修業年數不等的台北高等學校、工業專門學校（現在的成功大學）、商業專門學校、醫學專門學校，以及農林專門學校（現在的中興大學）等等，而更上一層樓的則是大學，當時就只有台北帝國大學是台灣唯一的一所大學，修業年限是四年。

因此日治時期走的是歐洲的學制路線，但是由於學校與修業年數時有更改，因此顯得有些紛亂。而戰後的學制則搖身一變成爲小學六年、中學三年、高中三年、大學四年的美國學制。因此若以修業年數來看，日治時期的大學畢業生，其實已經是等同於戰後的碩士級學歷了。

而師範學院是戰後最新成立的大學，儘管如此，當時的大學也不過只有台灣大學與師範學院這兩所而已。在師範學院這所剛剛成立的大學裡面，奇妙地融合了來自台灣、日本與中國等地各種不同學制出身的學生，所以往往會發現，以前在日本某學校的老師與學生，到了師範學院以後卻成了學生與老師的關係。而學生的年齡與背景也各不相同，有些已是資深的教員重回大學深造，也有少數幾位是原住民族的同學。不過，二十來歲的本省籍年輕人畢竟還是佔了較多數。

最奇妙的還是語言狀態，學生以本省籍居多，像是我大一就讀的博物系，班上大概就只有三、四位外省來的同學，但是二年級以後的教育系，卻有一半左右是外省籍。但是無論如何，這畢竟已經是國民黨主政的時代，許多公開場合還是以北京話爲主，因此校園裡就經常會出現一種畫面，那就是口譯人員必須忙著居中將日文翻譯成中文（北京話），或是將中文翻譯成日文。當然，日文是講給台灣人聽的，而中文則是說給外省籍的老師與同學聽的。甚至在上課的時候，學生與老師也都必須不斷地往返在雙語、甚至是多重語言的跨越之中。

我大一念的是博物系，學習的內容包括動物學、植物學與礦物學。老師們有台灣人、日本人以及中國人，其中，日籍老師努力以混雜著拉丁專有名詞的英文來上課，還有幾位老師是留日的中國人，他們則是以中、日文互譯的方式來進行。

二二八事件

然而這種語言上的多元交響，以及文化上的混雜狀況，如果沒有包容的思想或健全的政治體制在背後作爲支撐，是很容易走上流血與壓制的不歸路的。二二八事件便是在這種情況下發生，在某種程度上，二二八事件也可以說是因爲文化的衝突而延伸到政治與社會領域上的一次集體性爆發，但是握有權力的官方卻是以武力來作爲鎮壓手段，這種下了台灣長久以來都難以撫平的怨怒與不信任。

一九四七年二二八事件發生的當時，我在師範學院的宿舍裡，雖然沒有親眼目睹事件的發生，但是和其他同學一樣，情緒十分高昂，透過一些消息較靈通的同學，我們拼湊出事情的片斷，大夥們也聚在一起熱烈地討論這事件的原委與發展。

二二八群眾抗爭過後的一、兩天，街上依舊持續著零星的衝突。但是由於很想知道事件的後續狀況，我步行前往事發當時聚眾較多的榮町（今衡陽路），一路上有人問我是否爲外省人，還有好心人奉勸我到榮町去的話一路要小心。到了榮町一帶，果然看見群聚的憤怒民眾揪著外省人不放。

這在我所生活過來的日治時代是不曾看過的景象，以前如果有台灣人打日本人的情形，都是因爲某些私人的恩怨，而非種族或族群的緣故。但是二二八事件，主要是源於百業蕭條下生活陷入困境的人民對於政府治理的無能所心生的不滿情緒，民怨的沸騰一發不可收拾，因此才造成這種將外省人與國民黨畫上等號，並且以「非個人」爲攻擊目標的行動。

就在二二八事件發生後大約一個禮拜，政府派軍隊強行鎮壓，這造成巨大的傷亡，當然還有人民心中集體的創傷。

只是二二八事件還不至於完全阻斷文藝活動的開展，同年我受朱實之邀，加入了銀鈴會，在與同仁的交流與刺激之下，我開始嘗試較多的詩歌創作。

對於二二八事件的關注，讓我寫下了〈群眾〉這樣一首詩：

青苔　看透一切地
坐在石頭上　久矣
從雨滴
吸吮營養之糧　久矣

在陽光不到的陰影裡
綠色的圖案
從闇秘的生活中　偷偷製造著
成千上萬無窮無盡

把護城河著色
把城門包圍把牆壁攀登
把兵營甍瓦覆沒
青苔　終於燃燒了起來

——〈群眾〉

這首詩的標題雖然是「群眾」，但詩中並沒有出現任何一位「人」物，我主要是透過「青苔」的隱喻，取其不起眼、不動聲色、長久以來生息在陰暗底處的生物特色，來比喻這些看似安靜而卑微的生命卻能夠以強韌的姿態生長茁壯，然後在某個歷史的時刻中，終於爆發出懾人的能量。

這首寫於一九四七年二二八事件發生後不久的日文詩，當時並沒有立即發表，而是連同其他三首同期所寫成的詩作〈黎明〉、〈想法〉、〈溶化的風景〉，一起刊登在一九七九年由日本北原政吉所編的《台灣現代詩集》當中，後來才又承蒙呂興昌教授以中文與台語進行翻譯。

另外一首〈溶化的風景〉也是藉「雨景」而非「人物」，來表達扭曲的歷史與記憶：

即使驟雨暴降的日子也
無法立刻淋濕
然而一眼望去全是發亮的綠
為什麼這麼快就濕透了？

走了五六步
再回頭看
全部的景色
早被淚眼融化了

——〈溶化的風景〉

此外，我還曾經寫過一系列共九首有關原住民的詩作〈山的那一邊〉，那是記錄我的一次山中經驗，因爲有感於原住民的質樸熱情，也驚嘆於其自然與文化的獨特，當中的三首是這樣的：

霧雨中
敞開胸膛乍現一道白色的生命
歷史雖已堆積塵世
此地依舊深垂夢的薄紗帳
獨自低語永恆之聲
烏來瀑布

如夢的渡口
懷著夢想漂流而來的旅人
更是心動於
蕃歌哀傷的曲調
啊　異族語言的美麗旋律
是我的繆思

——〈烏來瀑布〉

那樣的伶俐
那樣的清純
就因爲叫做蕃人
讓我躊躇不前？

僅僅一天就完全成爲好友
草茫茫的漫長山路

一直下著晚秋小雨
我們彼此體貼同行！

如此相互交談
如此成爲好友
就因爲叫做蕃人
讓我躊躇不前？

——〈山路〉

里慕伊！里慕伊！
你到底屬於誰
層層重重的深山裡
被滅亡的弱小民族
你是烏來村的少女

「里慕伊！里慕伊！
那是屬於你的」
曲終綻放了笑顏
你究竟是屬於誰？
你是烏來村的少女

——〈里慕伊〉①

這組系列詩原是以日文寫成，而同在師大就讀的林曙光先生爲我將〈麗梅〉②與〈我〉兩首組詩翻譯成中文，發表在《新生報》上的「橋」副刊。在這裡我想說的是，日文原詩雖然是以「蕃人」稱呼現在我們一般所說的原住民，但是我個人心裡沒有貶抑原住民的意思，原因是當時並沒有「原住民」或是比較中性的說法，於是在語言（名稱）匱乏的情況下，用了當時最爲普遍的日文說法「蕃人」。③而在〈山路〉一詩中，我主要是語帶困惑地問道，難道就是因爲叫做「蕃人」，所以就阻隔了彼此了解的可能性嗎？

當然，不可否認的，「蕃人」畢竟是一個帶有歧視性的字眼，相信原住民們長久以來被冠上這種「根本是帶有歧視卻被用到渾然不覺」的名稱——這樣的現象，以近來大家比較耳熟能詳的話來說，就是持續複製清朝與日本帝國以來的文化霸權——的確是非常不公平的。

不過有一件相關的插曲是，在我公開發表包括〈山的那一邊〉組詩在內的許多作品後不久，一位原住民的同學說要來找我「談一談」，我當時心想，會不會是因爲用了「蕃人」這樣不恰當的字眼，惹來原住民同學的不悅？後來和他談過了之後才知道，原來他很欣賞我的文筆，所以希望我代他捉刀，寫情書給女朋友。

註釋

①這三首詩的中文翻譯是參考日文原文與呂興昌先生的中譯後改寫而成。

②也就是後來由呂興昌先生爲我中譯的〈里慕伊〉。

③除「蕃」之外，日本人對於台灣原住民還有「高砂族」的稱呼，不過這裡是對於族群整體的稱呼。

第四章　銀鈴會

加入銀鈴會，對我的文學生涯而言，是一個重要的起點。我在一九四六年進入台灣師範學院，也就是現在的國立台灣師範大學，起先是就讀博物系，在升上二年級的時候轉到教育系，爲的是一償以教育爲職志的夙願。在轉入教育系之後不久，認識了班上的同學朱實，他邀我加入銀鈴會，而我也十分樂意成爲他們當中的一員。

終戰前的銀鈴會

銀鈴會是在終戰前的一九四二年，由台灣中部幾位青年文學愛好者所組成的團體，最初是由台中一中的學生張彥勳、朱實與許世清三人所發起。銀鈴會剛創立的時候，是將同仁所寫的作品裝訂在一起，並以「迴覽」的方式輪流閱讀，在閱讀過後，便集聚一起互相討論，這大概是任何愛好文學的青少年所能夠想出來的極其素樸的方式。

不過，儘管形式是如此簡單，這種迴覽雜誌的意義卻不容小覷，曾經深深影響日本現代文學的白樺派同仁雜誌《白樺》（一九一〇～一九二三），其雛形便是由這種方式演化而來。其中，武者小路實篤、志賀直哉等人的《望野》，里見弴、園池公致等人的《麥》，以及柳宗悅、郡虎彥等人的《桃園》等等，最早都是以迴覽的方式展開他們的文學活動，而三者合併了之後，才形成了雜誌《白樺》，進而匯集成為一股沛然莫之能禦、感染一整個時代的文學力量。

而初期的銀鈴會刊物以迴覽的方式存在，也多少緣於當時正值太平洋戰爭期間，各種物質極端缺乏，對毫無經濟能力的中學生來說，能夠做到的大概也頂多是如此了。戰前的銀鈴會刊物叫做《邊緣草》，是由朱實所命名，根據他的說法，雜誌名稱的由來是因為：「邊緣草是種在花壇四周的一種花草，它不顯眼，默默奉獻，襯托百花爭豔的花壇，寫意並不深奧，只表示在這苦難的年代裡，我們三人願在這小小的園地找到心靈的綠洲。」①

後來，加入銀鈴會的同仁數目越來越多，當人數增加到十幾位的時候，便改以油印的方式刊出。

即使在戰爭最爲激烈、物質條件最爲艱難的時刻，雜誌仍然出刊不輟。朱實回憶戰爭已步入窮途末路的那個階段，當時他和張彥勳一樣，都已經中學畢業，並且當上了小學的教師，因此可以「就近」使用學校的鋼板、油印機還有紙張等資源。學校雖然知情，卻從來都不加以刁難，甚至許多同事後來也都成了銀鈴會的會員。

一九四四年下半年開始，美軍戰機頻繁轟炸台灣，有一次警報響了，朱實趕緊拿著才刻到一半的鋼板與蠟紙逃入防空洞裡，待警報解除，復又鑽出洞來繼續那未完成的刊物刻印工作。就是這種「與《邊緣草》共生死」的精神，使得這份難得的文學命脈，得以從戰前一直持續到戰後。

戰爭結束後，儘管政治與社會局勢仍在諸多的不確定中動盪，《邊緣草》卻韌性十足地生存了下來，持續以日文刊出。不過到了一九四七年的時候，成員畢竟還是得面對語言轉換的問題，於是商議暫時停刊，各自充實自己的中文寫作能力。

只是很快的，不到一年的時間，在新舊成員的再度集結中，銀鈴會復又於一九四八年初以《潮流》爲名重新復活了。而我便是在這個時期加入了銀鈴會，時間是在二二八事件發生之後。

戰後的銀鈴會與楊逵

二二八事件後，台灣整體社會的氣氛顯得十分低迷，而文壇上最大的變化，是台灣作家的聲音變小了，甚至逐漸遭人遺忘。而造成這種情形最主要而直接的原因，當然是語言轉換的衝擊使得台灣作家頓時少了伸展的舞台，但是二二八事件後所普遍籠罩的不信任感，恐怕更是澆熄文學熱情的根本所在。而這也進一步構成了文壇生態上的變化，那就是原本與大陸來台作家勢均力敵的第一線台灣作家們，在逐漸失去了文學的活動空間之後，迅速地被取代，而台灣文壇便從此成爲「外省」作家的獨擅勝場。

不過，儘管創作條件不利於台灣作家，但畢竟還是有那麼一些人，並沒有因此而全然斷絕創作上的努力，我想，這在很大程度上與楊逵的努力奔走，以及他對於後進的鼓勵，有著極大的關係。另外，《新生報》「橋」副刊②也曾經一度扮演溝通「本省」與「外省」作家的角色，也提供了台灣作家一個跨越語言的可能空間。

《新生報》雖然是官報，但是「橋」副刊的主編歌雷（史習枚）堅持大眾的文藝路線，他在楊逵的建議下，提供台灣作家的作品以雙重的稿酬，一份是給台灣作家的日文原作，而另一份則是作爲翻譯成中文的稿費，這樣一來，使得當時仍以日語爲創作語言的台灣作家，依舊可以保有發表作品的園地。這對於我們這些「跨語言世代」的作家來說，毋寧是一大鼓勵。

銀鈴會重新集結後不久，大約在一九四八年的夏天，邀請楊逵爲顧問。楊逵原爲張彥勳父親的舊識，兩位先生都曾於日治時期參加文化協會，是台灣民族運動的先驅，但也因爲對於理念的堅持，在坎坷的生涯中竟也背負著相似的命運。③

第一次見到楊逵，是在師範學院餐廳的一場演講，當時深受感動，也了解到文學與社會的深刻關聯。同時更是在他的鼓勵之下，銀鈴會成員開始投稿《新生報》的「橋」副刊，而我大概是在一九四八年的四月，實現了在「橋」副刊上的作品發表，光是那一個月份，就有我的三首作品〈麗梅〉、〈我〉以及〈按摩者〉發表在副刊上，原文都是日文，由林曙光進行中文翻譯，而我們也眞的各自都獲得了一筆稿費。之後，我亦嘗試以中文寫作，所以該年八月之後出現在「橋」副刊上的作品，便多是以中文爲主了。

楊逵先生非常支持銀鈴會，同時對於成員們也寄予很高的期待，他曾在一九四八年八月二十九日所舉辦的同仁聯誼會中，向銀鈴會的年輕成員說了這樣一段話：

我從一個星期的南部旅行剛回來，深感青年人對於台灣新文學運動有著莫大的期待與努力。現在四十歲以上的人過於消極，此後青年所擔任的責任重大。所以我對銀鈴會有莫大的期待。自戰後以來，《新知識》、《文化交流》、《台灣詩論》只出了兩三期就停刊了，在台灣從事文化工作是困難的，所以應有相當的覺悟。爲了收錄對台灣人民生活有密切關係、描寫台灣現實的作品起見，我創辦的《台灣文學》相信有堅實的基礎，對空洞的文學應唾棄它。

楊逵生於一九〇五年，戰爭結束的那一年正好四十歲，所以他在這段話中所提到的「四十歲以上的人」，其實是指他自己那個世代的作家。這段話聽來雖不無滄桑之感，卻也充滿著楊逵式的積極鬥爭精神，越是處於逆境，越是鬥志高昂，這就是楊逵。也或許有感於當年同在由日本人所主導的台灣文壇中積極活動的那些戰友或對手們，曾幾何時也開始擱下了筆，放棄了當初的文學志業，所以楊逵特別寄望於我們這些還在學習成長的年輕世代吧？

此外，在這次聯誼會當中，大家針對台灣文學的未來走向以及如何反映台灣現實等等問題，也進行了熱烈的發言，所討論的內容刊登在第一次的《聯誼會特刊》中。在這裡我僅擷取其中的一小段記錄，或許可以由此一窺當時銀鈴會成員心中所嚴肅思考的問題。

紅夢④：淡星提出「七三主義」，就是反映現實的作品七，抒情作品三。

楊逵：不必這樣，抒情作品也要立腳於現實，我們要反對用頭腦想出來的抒情，但是要尊重用「足」——「經驗」領會的抒情。

淡星⑤：「七三主義」本意絕不是什麼……七、什麼……三，這樣截然的區別，對社會抱著正義感的人，對山邊的野花也感覺無限的愛著，兩者俱是站在同一心情發出來的兩個結果。

楊逵的文學理念是一路走來始終如一的，他不斷強調文學並非虛幻或華麗的文字遊戲，而必須是與現實貼近的產物。從日治時期以來便是如此相信，到了戰後也是秉持這個想法來啓發我們。從前述這段平實的對話當中可以看得出來，對於文學「現實性」的看法，其實是相當具有包容與多樣性的，抒情並不見得與現實描繪相抵觸，重點在於，那必須是經過個人經驗錘鍊的情感，才能成就動人的文學內容。而當時在討論會中所提及的這些議題，對於銀鈴會同仁未來的寫作方向，有著決定性的影響。

另外還記得大約是一九四八年的夏天，包括張彥勳、蕭翔文、朱實、松翠，還有我在內的五位成員，在楊逵的家裡展開了一次文學的研究會。我們採取「合宿」的形式，也就是連續幾天共同投宿在某個地方，以朝夕相處的方式，密集地討論文學的各種議題。

當時楊逵的住家是在台中商業學校（今台中技術學院）與台中一中附近，現在雖然是大樓林立的繁華地區，但是六十年前那一帶有著許多的日式宿舍，灌木叢林圍繞，枝葉扶疏，非常安靜。楊逵以他的作品〈無醫村〉作爲教材，教導我們寫作的概念與技巧，印象最深刻的是，他要我們用「腳」去寫作，以實際的勞動去體驗生活的內容。

就這樣，我們在楊逵的家裡待了一個禮拜左右，其間，我們努力地吸收前輩的智慧，也熱切地討論著文學的各種話題。

銀鈴會的成員⑥

紅夢，也就是銀鈴會的發起人兼主編張彥勳，戰後共發行五期的《潮流》季刊、兩次的《聯誼會特刊》，以及兩期的《潮流會報》，除了一部分是由朱實負責編輯之外，其餘都是紅夢親自在蠟紙上一筆一畫辛苦刻出來的成品。說起來，文學活動在當時，是多麼勞心勞力而又奢侈的一件事。

紅夢負責了大多數的「編輯後記」，他在《潮流》第一期當中指出，「潮流」意味的就是台灣青年血脈裡湧動的激流。而戰爭迫使人在困苦中生活，人們變得殺氣騰騰，而功利主義也使人喪失了欣賞文學所需要的閒情逸致。他提到，或許有人會認爲《潮流》不過是無用之物，但是他勉勵大家，勿從逆境中退縮。

而淡星，也就是蕭翔文，當時是師範學院史地系的學生，無論在詩或小說方面都有相當可觀的作品。

淡星在楊逵的影響下，對於文學中的「現實」不斷進行嚴肅的思考。他在《潮流會報》第一期的一篇文章〈兩股支流〉中提出他的看法。他認爲，現實之中有「史的現實」、「觀念的現實」和「理想的現實」三種，然而眾人一般所談的，總是偏重於「史的現實」這個層面。「史的現實」就是每天歷歷在目、從我們的眼前伸展開來一幕幕的現實光景，但是所謂的「觀念的現實」，是存在於「史的現實」之中而閃爍在吾人腦中的觀念。至於「理想的現實」，則是將「史的現實」的過程與「觀念的現實」的累積，兩者結合在一起的意志與信念。而淡星更進一步指出，銀鈴會的同仁是處於試圖融會「史的現實」和「觀念的現實」兩個支流，而朝向「理想的現實」邁進的狀態之中。

淡星也實踐了楊逵「用腳寫作」的主張，他身體力行，與子潛一同到了台北縣三峽的製茶工廠當見習生，親身體驗勞動的過程，並因而記錄了茶工廠不爲人知的一面，還寫下了以小女工的辛酸故事爲背景的小說。

綠炎就是詹冰，他是在《潮流》上發表最多作品的同仁，他在終戰前一九四三年留學日本的時候，便開始投稿知名的文藝雜誌《若草》，並且受到日本詩人堀口大學的推薦，所以在加入銀鈴會時已經是頗有名氣的詩人了。

綠炎曾經在《潮流》的「沙龍」專欄中提到，「詩人如小鳥任憑自然流露的情緒來唱歌的時代已過去」，他認爲，小鳥的歌聲只是「自然發生」，而沒有「歷史的努力」，因此沒有任何進步性可言。而詩，應當是立足於過去無數詩人的遺產之上，這也意味著，詩必須有站在世界史的尖端而創作的氣概。現代詩在過去已經有了一連串的實驗，如達達派、立體派、未來派等等，尤其梵樂希（P. Valéry）的方法論更是值得再三玩味。新進的詩人應該好好地研究前人的作品，才能幫助我們掌握詩究竟是什麼。對於現代詩的創作，綠炎打了一個比方：「詩人的每一首詩，都必須是一支支小實驗管。」

微醺本名詹明星，也是成員當中很勇於發表看法的一位，他曾在《潮流》第五期的〈人民、現實、藝術〉一文中指出，第一次世界大戰後，許多新興的弱小國家產生了民族自決和社會主義思潮，這股強大的潮流席捲全世界，他們一致的口號不外乎是：「爲了人民」。在中國，這種傾向也是非常明顯的，因而喊出「人才下鄉」「文章下鄉」一連串的口號。影響所及，也產生了「現實主義」的文學，主張以活生生的現實爲素材，像解剖刀一般揭發事實，毫不留情地刻畫，他們想要埋葬古老傳統社會的急切心情，在文學中表露無遺。當然，這些都是因爲過去中國的政治完全忽略了人民的立場所致。

而微醺雖然肯定這些思潮的走向，但他也強調，如果只是用這樣的方式來處理藝術的根本問題，那是不夠的。他認爲，藝術應該是更富有彈性，而且是更加自由的，不論是社會主義或資本主義的社會，詩的世界，就應該容許和科學定律完全不同次元的「飛躍的世界」。藝術最重要的因素就是創造，就是獨創性，藝術畢竟是歸屬於「美」的範疇，同時也要與「眞」「善」結合，成爲三位一體。

埔金則是一位明顯左傾的人物，他在《潮流》第一期發表了〈屈原和世人談話〉，文中他以寓言和影射的方式，讓屈原從汨羅江現身，和住在「富麗堂皇的金屋、大腹便便血色極好的錢貴先生」、「設有機關的祕密小屋、鬥志飽滿帶有剛毅氣色的馬烈書先生」，以及「在坍塌的陋屋中呻吟、悶悶不樂的身上穿了一件料子不壞、但是破爛不堪的衣服的青年鮑中庸先生」三位世人代表談話，藉以表達這三種對世事抱有不同看法的人物態度。

埔金還在《潮流》第五期的〈文學隨感〉中，對於「讀者之聲」進行了回應，因爲有一位讀者在投書中提到：「美麗的台灣經常被稱作樂園或蓬萊島，爲什麼在《潮流》秋季號中的台灣，卻是充滿以貧民窟作爲背景、描述那些在生存競爭中失敗者的情形?」埔金對於讀者不願意看到社會黑暗面的心理進行了分析，並且以蘇聯電影《寶石花》與陶淵明的〈桃花源記〉爲例，闡明夢與現實的分界。他特別強調文學的時代性，要客觀地掌握「史的現實」，透過作者的主觀，以語言文字生動的形象來反映。但他也主張，這種反映並不是單純的機械式反映，而必須要有一個主觀與客觀的統一，內容與形式的統一，這樣一來，才能獲致明瞭的形象，也才能打入讀者的心中。

另外值得一提的是，微醺曾經爲文指出，銀鈴會同仁的作品內容似乎逐漸有了「劃一性」的傾向，也就是呈現一種「無批判地、他律性地往同一個立場上傾靠」，而他覺得這不應當是銀鈴會所該有的情況。對此，埔金也承認銀鈴會的確出現了這樣的情形，但是他認爲這是一種「內發」的傾向，而絕非微醺所言的「劃一性」。因爲劃一性必須是在某一個主體的計畫下才可能進行，是一種必須藉由外力所促成的某種固定形式。埔金認爲，微醺的擔心是一種杞憂：「同人們之所以趨於一致，是因爲和過去一年社會的發展有關，文學愛好者特別敏感的心感應到這種社會的改變，所以同人們會趨向一致，是因爲現實的社會環境給同人們的印象太深刻了，反應現實並非與現實妥協，我們只是要揚棄現實，內發地發展而傾向於某個傾向而已。」

當然，我與銀鈴會的眾多同仁當中，許多是透過文學而成爲摯友，像是子潛，他是體育系的學生，雖然是運動方面的健將，卻也寫了一手好文章，同時亦積極參與除了銀鈴會之外的文藝社團，我們經常聚在一起討論文學，說到精彩處，總是忘了時間的存在。

朱實，不但是師範學院自治會的幹部，也是學生運動的領袖之一，此外他亦是銀鈴會三位發起人當中的一位，同時也是與我每天一起學習的教育系同班同學，可以說是一位富俠義精神的熱血青年。他的中文學習速度很快，完全是因爲下了很多苦功的結果，他勤讀中日文對譯的《魯迅全集》，很快地，除了《潮流》之外，也以中文發表作品於「橋」副刊，以及楊逵所主編的《力行報》副刊「新文藝」。

還有錦連，他是銀鈴會最後一期加入的成員，在《潮流》第五期當中有三篇詩作以及一篇「入會感言」，另外在《潮流會報》中也刊有詩評。錦連與我交情深厚，後來也由於同住彰化的緣故，常有往來，我們一起歷經了銀鈴會、現代派與《笠》詩刊的時代。

四六事件

銀鈴會成員在蓄積寫作能源的同時，另一方面也積極展開各種活動。但是，這樣的活力一直持續到一九四九年的四月六日便陡然沉寂了下來，「四六事件」的爆發，迫使銀鈴會從此解散。

楊逵也在四月六日當天被逮捕，那是一個有計畫性的大規模逮捕行動，許多銀鈴會的同仁在這次的整肅中受到牽連。

四六事件的直接引爆點，是起於三月二十日師院與台大的兩位學生騎單車雙載，被警察強制取締並拘留，憤怒的學生群眾包圍警局抗議。翌日，全校學生罷課，走上街頭示威遊行，要求警察總局再次承認其所犯下的過失。直到三月二十九日青年節當天，學生的動作範圍擴大，進而集結了幾乎涵蓋台灣所有高等學府的學生，如台北市的台大、法商學院、師院、建中、成功、北一女，以及台中市的農學院、台南市的工學院等等，各校學生推舉代表開設聯合會，並正式宣布「學生聯盟」的成立。

當然，學生的憤怒並非由單一事件所引發，而是長期以來不平不滿的點滴累積終於潰堤。這一連串的學生運動，最後演變成四月六日凌晨所展開的大型學生拘捕行動。事發當時，數百名警備司令部的軍隊分乘十幾台的軍用卡車，將師範學院包圍，以校內第一宿舍爲首要目標，要求逮捕學生自治會幹部以及其他指揮示威遊行的學生。

記得四月六日那天早上七點左右我正要外出的時候，在巷口處被軍警攔下，此時發覺事態有異，同時也看見軍警人員正逐門逐戶地搜查，只是還沒搜到我的房間。當時我住在師院的第二宿舍，是一幢日式平房，另外還有一處規模較大的第一宿舍，是西式的樓房。

等到搜查完畢終於可以外出的時候，便到第一宿舍去看看那裡是否也發生了同樣的事情，但是第一宿舍根本進不去，宿舍前到處是帶槍站崗的士兵，不許任何人接近。經過打聽，才知道當天凌晨因爲第一宿舍的學生頑強抵抗，用桌椅將各樓樓梯堵住，軍警出動了裝甲車與機關槍破門而入（這是當時聽來的），裡頭所有的六十名學生全都被逮捕到現在中正紀念堂的軍營裡面。

發生了這樣的事情之後，學校宣布停課，於是我決定暫時回到北斗的老家。而根據我當時的習慣，每次回到中部的時候，都會先到台中拜訪楊逵，所以那天也不例外，同時也想順便向他報告台北的情況。但是當我抵達楊逵的住處，發現有一群人不脫鞋子便在榻榻米上到處走動，他們翻箱倒櫃、四處搜查，這讓我心生一種不祥的預感，楊逵先生大概也有難了。

我懷著既複雜又慌亂的心情一路來到台中火車站，正想搭乘南下的火車，站在第二月台上，突然瞥見了那歷史性的一幕，那令我一輩子都忘不了的場景。在對面的第一月台上，我看見楊逵先生被兩個人挾持，雙手綁上繩子，但是他身軀直挺，下巴執拗地高高抬起，略帶憤怒的眼神仰望天空，用著還稍微可以活動的手夾著香菸，一口接著一口地抽著，不久，便被押進北上的火車離去。

最近拜讀日本御茶水女子大學大塚ゆう美小姐的博士論文，文末附有朱實的訪談內容，非常值得參考。其中有一段提到我當時告訴朱實的一個場景：

朱：……（林亨泰）到了台中，門一打開，特務已經在裡面翻箱倒櫃了。

ゆ：這下遲了一步！不過話說回來，是不是應該說他們（特務）的動作很快？

朱：他們的動作的確很快。所以特務就向林亨泰問道：「你是來幹什麼的？」林亨泰馬上回答：「我是來收電費的！」因爲他手上正好拿著一只大提包，還好夠機靈。於是特務就向他吆喝：「給我回去！」所以他就趕緊逃了出來，然後在車站的月台上赫然看見楊逵被帶走的景象。每個人都遭受了迫害啊！⑦

我從就讀師範學院開始，到從事教職，直至退休以來的數十年之間，每逢外出，一定都會帶著一個大大的「公事包」，裡頭總是塞滿當天授課用的教科書，以及利用搭車或閒暇時間所愛讀的書籍。但是在四、五〇年代的當時，鮮少有人會像我這樣帶著公事包到處走動，如果有的話，大概就是收電費的人員了。也不知道當時是怎樣的福至心靈，向特務隨口編了一個謊言而得以全身而退。

而朱實還在訪談中提到，銀鈴會的許多成員都被捲入接下來所展開的白色恐怖之中，他所提到的有蕭翔文、張彥勳，還有我等等。在四六事件開始逮捕學生時，朱實便告訴自己，萬一被捕，絕對不會說出任何不利於同伴的話。另一位成員蕭翔文也是一樣，當他在台中莫名其妙地被逮捕後，特務審問蕭翔文：「你最好的朋友是誰？」他故意不去提任何一位銀鈴會的好朋友，反而說出了一個名字「李大祥」。李大祥是當時就讀教育系的同學，由於是忠誠的國民黨黨員，所以說出此人的名字可以「辟邪」，而不會殃及其他的無辜好友。

四六事件主要是起於師範學院與台灣大學而後擴及其他各校的學生運動，與二二八事件不同的是，這是一場發生在學生與校園之間的抗議事件，但最後竟然招致國民黨政府的大規模逮捕手無寸鐵的學生。而隨著四六的鎮壓，也拉開了五〇年代白色恐怖的序幕。

當時，在餘悸猶存、思緒萬千之中，我回到暮色蒼茫的北斗老家。到家後過了一、兩天，來了一位同是銀鈴會的高田先生，他神色慌張地問我：「你知道有什麼可以躲藏的地方嗎？」

高田是楊逵的好友，曾經參與銀鈴會所舉辦的兩次大型聯誼會，他經常鼓勵我們寫作，而我們也都稱呼他爲「先輩」（學長）。高田被軍警追捕，而我當時何嘗不也和高田一樣，不知何時會被捉走而茫然不知所措，那時心裡眞的很想跟高田先輩就這麼一起消失無蹤。而高田先生或許也了解我的心情，於是在道聲「珍重」之後，就這麼地消失在人群裡。

四六事件發生後的一、兩個禮拜，一直都是如坐針氈地過著每一天。

師範學院終於在四月二十九日恢復上課，但是校園再也無法回到一如過往的氣氛，詭譎的空氣在學校裡迴盪。爲了便於管理，校方將第二宿舍的學生全數移到了第一宿舍。記得復課後不久的某一天，在晚餐過後的黃昏裡，我獨自一人坐在運動場如茵的草坪上陷入沉思，此時突然來了兩位同學，悄悄地在我耳邊說，「想不想去對岸的大陸？」這突如其來的「邀約」頓時令我的思緒翻騰不已，驚訝之餘不知如何以對，然而就在我糾纏著千言萬語的沉默當中，這兩位同學已悄然消失在黃昏的暮色裡。

隔天，我試著尋找這兩位同學，但早已不見他們的蹤跡。

時而還有同學以驚訝的表情發現我仍然能夠在校園裡出沒，他們見到我時總是問道：「咦，你不是被抓起來了嗎？」當然，就像大多數的銀鈴會成員一樣，我們既是學生，同時又是參與文學結社、進行寫作活動並公開發表文章的一群，所以不免被視爲身分特殊。

總之，就在這種惶惑不安的日子裡，每當聽見吉普車的聲音，便不自覺地感到恐怖。戰後國民黨的軍隊多是使用這種爬坡力特強、在泥濘中也能夠發揮高於一般車輛三倍驅動力的吉普車，而它所發出的引擎聲響，在那段期間，幾乎是與「逮捕」畫上等號的。

四六事件的獵捕行動，第一波受到衝擊的是直接參與學生運動的成員，其中，擔任學生幹部而且最爲活躍的朱實，早已被列入軍警的黑名單之中。還好在四六事件爆發的當時，朱實正好利用春假期間回到彰化掃墓，所以一時免於被逮捕的命運。但是他也很清楚，一旦自己的名字上了黑名單，被逮捕判刑是遲早的事情。

而根據前述大塚博士論文的訪談內容，朱實對於自己的逃亡過程有著生動而詳細的描述。朱實的「罪狀」有兩個：一是參與銀鈴會的活動，二是擔任師範學院學生組織的學術部長，因此所有校園裡的反國民黨言論與宣傳都必須由他概括承受。

於是朱實開始了逃亡的生涯，這期間是躲在彰化某個親戚家裡的二樓。而當時，學生自治會主席鄭鴻溪也從台北逃到彰化，在藏匿了五個月之後，由兩邊家族共同商議，幫助這兩個人先到基隆搭船前往香港，然後再想辦法到大陸。

而計畫一起搭船離開台灣的除了朱實、鄭鴻溪之外，還有一位學生張浩然，他雖然不在黑名單上，但是自願同行到大陸「解放區」。朱實當時向同學陳雪卿借來證件，將自己的照片換上，所以這張證件關係到兩個人的命運，因爲，朱實的僞造證件若是被查獲，陳雪卿也將遭遇不測。

到了排隊上船的時刻，爲了不啓人疑竇，三人分別混在人群中。先上船的是張浩然，他平安通過檢查，但是輪到朱實的時候卻是這樣的：

當我正要過境的時候，檢查人員看了一眼我的證件，然後突然說：「等一下！」當時心裡想，完了！這下子被捉到的話，就只有等著被槍斃了。但是萬萬沒想到，此時檢查人員從胸前的口袋摸出一根香菸，點燃之後，哈了一口煙，然後繼續拿起證件與我的臉加以核對，說：「通過。」而鄭鴻溪也平安通過了。⑧

銀鈴會後來被視爲「共匪外圍組織」，甚至在四六事件爆發的一年之後，都還難逃被調查與抓捕的陰影。成員除了朱實與蕭翔文之外，張彥勳也在一九五〇年六月因銀鈴會的緣故而遭到通緝。由於在事前獲得通報，而早一步開始逃亡生涯，期間藏匿在東勢山中長達四個多月，直到十月才自動投案。後輾轉被拘留在豐原分局（一週）、刑警總隊（二週）、情報局（三週）、軍法處（三個月），最後才終於無罪釋放。⑨

而我自己也在銀鈴會解散一年之後的一九五〇年，突遇情治人員的挾持。

那時我已經從師大畢業回到北斗教書，某天下課後，教室外頭突然出現一個人影，那人對我說，「你是不是林亨泰先生？」接著他向我表示有人想要見我，而在我進一步詢問究竟是誰要見我時，他只是神祕地說，「去了你就知道了。」當時我不疑有他，於是答應先讓我將沾滿粉筆灰的手洗乾淨、放好書本文具之後，再跟他去見「那個人」。不過就在走出校門時，突然又閃現了另外一個人影，於是我就這麼被這兩人一左一右地挾持著。

這時我驚覺事態不妙，並且意識到根本沒有人知道我被挾持逮捕。一直到了校門口附近的一條巷弄裡，這兩人才向我說，他們是情治單位的人員，要我跟他們一起走，並且還說要前往員林逮捕另外一個人，於是我就跟著他們來到員林，然後又到了台中。

當時天色已經逐漸昏暗了，我也搞不清楚究竟是來到了台中的什麼地方，只知道進入了一幢建築物之後，他們馬上開始對我進行審訊，並且每隔一、二個小時就換另一個人繼續審問，不斷地重複許多相同的問題。就這樣煎熬了一個晚上完全沒有休息，事後我才知道這就是所謂的「疲勞審問」。在極度疲乏與困頓之中，終於在隔天的早晨，他們對我說：「你可以走了。」

而在我「消失」的第二天，同事張汝修先生察覺到我的無故缺席，所以非常擔心，到處尋找我的下落，甚至還到警察局，並前往憲兵隊查詢，卻得不到任何關於我的消息。張汝修先生向憲警表示他願意以人身作爲擔保，說我爲人正直，不可能做出什麼「不恰當」的事情來。這使我非常感動，在那樣風聲鶴唳的時代，對大多數的人來說，與「問題人士」撇清關係都唯恐不及了，竟然還爲了失蹤的朋友挺身而出，眞的是患難見眞情。

註釋

①朱實，〈潮流澎湃銀鈴響：銀鈴會的誕生及其歷史意義〉，《台灣詩史「銀鈴會」論文集》，林亨泰主編，彰化：磺溪文化學會，一九九五年，頁一三。

②「橋」副刊於一九四七年八月一日創刊，一九四九年四月十二日停刊。

③根據張彥勳寫給我的一份手稿中提到，他的父親張信義出身於台中縣的望族，二十歲

時赴日就讀明治大學經濟系，在學期間參加文化運動，回台後加入文化協會，與彰化王敏川、台中楊逵、葉陶夫婦爲文化運動奔走，舉辦多次的演講會（遍及新竹、台中、彰化等地），而被警察盯梢，因此多次入獄，不過每次都不超過一個月或數月，總共加起來「亦不過是」幾年而已，且在獄中還是以特別身分受到禮遇。張信義先生在戰後任職三民主義青年團中部分團主任，實際權限比當時的縣長還大。一九五一年參加民選第一屆鄉長選舉，由於過去對人民的貢獻有目共睹，因此獲得空前的勝利，當選第一屆后里鄉的鄉長。但是一九五四年競選連任時，卻被對手「設計」而落選，對手以「附匪罪」加以抹黑。主要原因是其子張彥哲曾於一九四九年從香港逃亡到中國，因而被對手誣陷爲張先生派子赴大陸，與當時被視爲「赤化」台灣的領導人謝雪紅聯絡。因此在一九五四年被捕入獄，因叛亂罪繫獄十五年之久。比起日治時期多次入獄的時間加起來，是多了太多。因此一九六九年服刑期滿時，已經是六十四歲的老人了，出獄後兩年半因心臟病去世。

④紅夢是張彥勳的筆名。

⑤淡星是蕭翔文（本名蕭金堆）的筆名。

⑥銀鈴會的同仁由原本台灣中部的十幾位，增加到來自中北部超過四十位的成員，當中還有就讀大陸廈門大學的學生。而在《潮流》上發表作品的有：綠炎（詹冰）、朱實

（朱商彝）、紅夢（張彥勳）、淡星（蕭翔文）、微醺（詹明星）、亨人（林亨泰）、金連（錦連）、埔金、幼士、子潛（許育誠）、張有義、望亮、白光、碧吟、眞砂、鳴飛、陳素吟、雅德、松翠、順成、帆影、春秋、姜逸、施金秋、翠雲、南十字軍、籟亮、Q生、孟義、冷視、雨逢、尚絅、未知之人、佗人、石磔、樹明、彌生、殘洴等三十八名。

⑦大塚ゆう美，《台湾の战前と战後を繋いだ文学活動——楊逵と銀鈴会を中心に》，東京：御茶水女子大學人間文化研究科比較文化學專攻博士論文，二〇〇六年，頁二一四。

⑧同前註，頁二一三。

⑨根據張彥勳手稿，他在白色恐怖期間總共被逮捕三次，第一次是在一九四九年因陳茂霖一案被捕一週，第二次是因爲銀鈴會的緣故，而第三次則在一九五四年。

第五章

從我的第一本詩集談起：《靈魂の產聲》

事情的緣起，始於一九四八年十二月，或是一九四九年一月左右，也就是當我還在師範學院教育系就讀的時候，某天傍晚在學校宿舍用罷晚餐，與當時同是就讀教育系的學弟陳瀛洲在和平東路一帶散步，走著走著，陳瀛洲突然向我提起：

「你想不想出版自己的詩集？」

一個突如其來而且充滿誘惑的建議，一時之間還以爲自己聽錯了。

「什麼？」於是我半信半疑地反問。

「我那個在第一商業銀行任職的姊姊最近正好領了一筆年終獎金，而她也在考慮該如何善用這筆錢。」

就這樣，陳瀛洲當晚突如其來的一句話，使得一個沒有多少金錢自由的窮學生，開始在腦中勾繪著「出版自己的詩集」這麼一幅奢侈的圖像，也因爲那麼一句話，爲我的第一本詩集起了一個開端。

與陳瀛洲的這一番對話，正值銀鈴會同仁雜誌《潮流》推出了第三或第四期，也是成員們在創作上尋求突破、努力抓住機會展現自我的時候。

於是大約在一九四九年的三月初，我邀請朱實與蕭翔文兩位兄弟幫忙寫序，並且開始積極進行詩集出版的計畫與準備。不過就在這個時候，學生運動的氣勢逐漸凝結，抗議國民政府的情緒也轉爲高昂。蕭翔文所寫的序於三月九日完成，而朱實這邊，卻因爲一連串的運動、鎮壓與逃亡而耽擱了下來。

然而朱實是信守承諾的，即便是在逃亡隱匿的期間，他仍然爲我的詩集寫好了序。

四六事件發生後，被列上黑名單的朱實爲了躲避軍警的追捕，開始了逃亡的生涯，不過，我還是透過朱實的家人和他聯絡上了。我依約前來尋找朱實的暫時住處，先是進入一群雜亂的住宅，穿過複雜而彎曲的巷道，最後才好不容易來到了朱實的藏身之所。豪爽的朱實微微笑著，遞給我一篇以短歌代「序」的作品，然後堅定有力地握住我的手。序上的署名並不是他一貫所使用的「朱實」，而是「辰光」，日期是一九四九年三月。

我還記得臨走前，朱實拿出一本看來像是筆記本的冊子，要我在封面上寫下標題，以作爲珍藏的紀念。這讓我十分驚訝，因爲我的字向來就不好看，所以婉拒他的好意。但是在朱實的堅持之下，我還是寫下了那幾個字。至於是什麼內容，我已經不記得了，那冊子應該是一本詩集吧？

從那以後，朱實便從台灣消失，成爲大家所懷念卻難以碰觸的記憶。半個世紀之後當我們再度重逢，都已經是白髮蒼蒼的老人了。

關於我即將出版的詩集，在第五期的《潮流》中刊載了許多重要的訊息。說起《潮流》的第五期，也就是一九四九年四月出刊的春季號，這是銀鈴會共同集結的最後一期。

而相關訊息之一，是朱實在〈文藝通訊〉中所呼籲的計畫，他寫道：「爲了接洽亨人兄詩集《靈魂の產聲》的上梓，正在歸鄉著。經費大約需要一百萬，素吟氏樂捐五十萬，該書定爲『潮流叢書之一』，希望各會友繼續出版！」

從這樣的措辭來看，無論對朱實、我個人，或是銀鈴會的任何一位成員來說，誰都不願意讓「潮流叢書」只出版一冊的書籍之後便從此結束。相反的，同仁們實際上都心懷著更大的計畫，將叢書「之一」作爲跨出夢想的第一步。

另外，除了朱實的這段文字之外，還有一個值得注意的訊息，那就是陳素吟在「文藝通訊」欄中所提到的：「我想現在大家都很忙吧！昨天為了慰勞大家買了一盒點心，但是本來說好要過來一趟的朱實先生、亨人先生都沒有辦法過來，如果明天還是不克前來的話，那我就只好自己把點心吃掉了。期待下一期的佳作出現！我的錢現在都花完了，所以等六月領到錢之後，就可以將錢奉上了。請各位多多保重……」

還有另一則消息，是在五月一日所發行的《潮流會報》第二期中，已然可見我的詩集廣告，那是寬四・二公分長七・二公分的一格廣告欄。

林亨泰會員　處女詩集
『靈魂の產聲』
人　君は純情を愛するか
人　君は眞理を愛するか
よ　又　寂寞の中を步み行
！　く一人の友を愛するか

而除了由銀鈴會所發出的訊息之外，由林曙光所主編的《龍安文藝》在後記也記載了這麼一段：

林亨泰君的第一號詩集「靈魂產聲」（日文版）已經付印，定四月中由台中潮流社出版，詩集的出版在台灣，向來不多有，記得除了王白淵先生的「棘路」、張我軍的「亂都之戀」、楊雲萍先生的「山河」，之外沒有幾本。

以上的四則消息內容，都與我的詩集有著直接的關聯。事情的前後發展距今也有六十年了，許多的細節與過程都在我這年老的記憶中逐漸褪去了形象與顏色，而這些記錄，無疑是提供給我回到過去的一個確切線索。

而陳素吟正是陳瀛洲所提的那位在銀行任職的姊姊，她在一九四九年一月的《潮流》冬季號正式加入銀鈴會，當期雜誌不但刊載了她的詩作，並且在「同仁消息」中也有與她相關的「入會感言」。

素吟從人生批判的角度、並以眞摯的態度寫下她所嚴肅思考的作品，像她這樣的女性，在當時是十分罕見的。當期雜誌中所收錄的是〈白手的女人啊〉以及〈人生日記〉兩篇作品，這兩篇詩作也獲得了同仁在《潮流會報》第一期（一九四九年三月一日）的讚賞，諸如：「深爲作者的人性高度與深度感動不已」（綠炎）、「現實有兩種，一是描寫在吾人眼前所展開之現實光景的『史的現實』，另一種是存在於現實光景中而靈光乍現於吾人腦際的『觀念的現實』，素吟正是屬於後者」（淡星）、「我想，素吟的詩作是來自於一種深刻的沉潛。她的詩，是在一番嚴肅的思考人生之後的產物，並且，她也對人生的明暗兩面進行細心的觀察」（微醺）、「她以宛若澄澈寧靜的湖水一般的眼睛凝視，另一方面，卻吞吐著生命的熱忱」（亨人）、「〈人生日記〉無非是平凡之中的總結，她那懇切的心聲很叫人感動」（子潛）等等。

素吟的〈人生日記〉以日文寫成，在此我中譯如下：

莫名的悲哀襲捲
想起遙遠的戀人
我取出日記寫下：
「獨自被生下，獨自生活
然後獨自地死去
這就是人生的全部」

日落
傾聽黃昏悲泣的胡琴
於是我又加上
「永遠地　人們被生下來
永遠地　無止境的悲傷
永遠地　人們終將死去。」

而我在永遠的悲傷裡獨自站立
傾聽死亡的跫音，
在受傷的靈魂紀錄中寫下：
「人是爲了悲傷而誕生」
我以這樣的句子肯定人生。

詩中雖然有著濃稠的悲嘆語調，但卻不僅僅止於抒發人生的孤獨與悲哀而已，毋寧說，是在承認人生本質的悲傷與孤寂的前提下，尋求獨自站立與傾聽的能耐。

如果對照以她的眞實人生，那種不斷被人生的孤獨愁緒所包圍，卻又試圖從永遠的哀愁中獨自站立的掙扎，正反映在她這首篇幅不長的詩裡，而這或許是她〈人生日記〉的深刻之處。素吟雖然是在傳統日式教育下成長的女子，但是又隱藏不住奔放的、亟欲擺脫束縛的心情。陳素吟從未正式出版詩集或小說，因此文壇中有關她的記載是少之又少，而據我所知，大概只有葉石濤先生在三十年之後所寫的一篇文評〈陳素吟的愛與死〉，葉先生以「文壇記者」的語調寫下這樣一段有關素吟的文字：

在光復初期的那渾沌未開的社會裡，有志於文學藝術工作的年輕人並不多，特別是女作家更少，簡直找不到人。我那時候在台南一所小學裡教書，同時也在龍瑛宗先生主編的《中華日報》日文版文藝欄寫稿，因此多少也懂得一些島內作家的動態。大約在這個時候，我聽到從中部來的一個年輕作家告訴我，說台中有一位聰慧的美女，在銀行服務，善於寫作，她不但能寫現代詩，更能寫小說；這引起了我很多浪漫而溫熱的夢想。①

素吟後來去了美國，但或許是婚姻上的因素，最後是以自殺結束生命，十分令人遺憾。

再回到第一本詩集的話題，在遭遇四六事件的衝擊後，銀鈴會的活動被迫停止，因此有關出版事宜，就委託在台中市經營新光書店的傅瑞麟先生。至於詩集封面的設計，則是由傅先生與我親自登門請託名畫家林之助先生，而幸運地也獲得了林先生的慨然允諾。

封面的圖案，外圍部分是由三條細長的直線所圍繞，然後是「詩」「集」「靈」「魂」「の」「產」「聲」等十幾個字體以優雅的線條展開，各自鑲嵌在透著白色的米黃空間裡。而在中央偏下方之處，畫有兩棵樹與三朵雲，優美的線條相互延展而又輪廓分明。林之助先生的封面設計相當高雅，至今仍令我感念不已。

然而在經費方面，根據我後來向傅瑞麟求教的結果，他表示：「由於事隔多年，所以記憶已經很模糊了，只記得我向來都是在同一家印刷工廠印製大量的書籍，而你的詩集因爲是極小量的印刷……」

總之，經費的確切數字，看來是記不起來了。

雖然，素吟的確是提到過想要善用年終獎金一事，而朱實也在《潮流》、《潮流會報》中寫下「素吟樂捐五十萬元」的訊息，只是在同期的雜誌裡，素吟自己卻也清楚地提到，錢已經花完了，可以的話，等到六月領薪之後再行奉上等等。不過，在我自己的記憶當中，倒是不曾記得確實有收到捐款這件事。

之所以如此，並非素吟食言，而是與當時台灣的物價劇烈波動有著絕大的關係。

那時台灣的物價節節升高，白天跟晚上的價格甚至是天差地遠，通常晚上的價格往往比早上還要高出很多。這樣的情形一直到同年的六月十五日「新台幣發行法」頒布之後，才有了決定性的改變。

當時的換算率是舊台幣四萬元折合新台幣一元，所以，如果按照這樣的匯率來算，素吟的五十萬元樂捐，換算成新台幣的話，就只剩下十二元五角了。混亂的貨幣制度造成惡性的通貨膨脹，影響民間經濟至深，而當時物價連日升高，錢幣瞬間貶值，彷彿就像是一夜之間急速萎縮衰弱的肉體，既使人膽戰心驚，也揮不去悵然所失的心情。在這種充滿不確定感的社會背景下，人們所切身感受的，除了物質上的混亂與焦慮之外，恐怕更是一種價值與意義的連續喪失吧！

前文提到，傅瑞麟在戰後不久所開設的出版社，主要是經營升學考試用的參考書籍，後來銀鈴會成員之一的蕭翔文在那裡出版地理參考書，是每位考生幾乎人手一本的必備書。而傅先生的出版社，在早期的業界也是頗負盛名。傅瑞麟來自外祖父傅仲輝那一脈相承的大家族，小我一歲，算起來是我的表弟。

另外在我的眾多親戚裡面，還有一位值得一提的人物，那就是年長我四歲的表姊傅綠桑。她在日治時期與陳遜仁先生結婚，陳遜仁是知名的詩人，也是一位執業的西醫師，夫妻兩人都是愛詩寫詩的人，這段姻緣在當時的台灣詩壇傳為佳話。只可惜陳逐仁在一九四〇年九月以二十六歲的英年早逝，才子佳人生死兩別，實在教人不勝唏噓。

陳遜仁去世後，由張文環所主編的《台灣文學》雜誌，在創刊號（一九四一年五月）上爲他製作了一個「追悼特集」，除了收錄陳遜仁詩作二十六首之外，還有作家呂赫若的一首悼念詩〈謹呈陳遜仁君靈前〉，內容哀切感人，細膩地表達出呂赫若對於摯友的殞落是如何的悲痛與不捨。同輯還收錄了一篇吳天賞的〈懷念遜仁〉，描述其臨終情景與家族友人的哀切之情。

陳遜仁的詩作相當具有現代感，知性與抒情也總是融合得恰到好處，像是〈爵士樂的產生〉②這樣一首短詩，其意象，即使在當今也都是躍然而生動的：

沉醉於爵士樂的
黑人狂舞
停不下來
像一種自體中毒
那是悲哀的民族
瀕死之前的詛咒

卻也是自由的
無軌道的旋律

——〈爵士樂的產生〉

另外還有一首作品〈屍體〉③，是透過冷徹的靈魂所寫下來的詩：

朋友，請停止悲傷的詩歌
將悲傷的錨拋進心底深處
如果你讓悲傷的羽翼高飛
便是視吾人爲淺薄

朋友，人體是一種機械
解剖台上的屍體
是生鏽的機械
像老朽的時鐘
壞掉的留聲機

發不出了聲音

——〈屍體〉

這首詩裡有著醫師（或醫學生）所被要求的職業性冷酷，但那並非無情的冷酷，而是對於解剖屍體時的情緒沉澱，同時也是面對死亡的一種超脫。很難想像這是在一九四〇年之前出自於一位二十來歲的台灣青年所寫的詩。

失去摯愛的表姊傅綠桑，也曾在一九四三年的《台灣文學》發表了一篇詩作〈寧靜的下午〉④，表達她哀切的心情：

因炎熱而沉默的樹梢
躲藏在葉下的白光
佇立天際的影子

毫不動搖的光和影啊

拒絕所有的愛情

在生活之流中逆行
在思索的路上迷失
動物微弱的呼吸啊

沉默
夢想
思考

薰薰南風
捲起砂群
轉瞬間
將世界染成灰

——〈寧靜的下午〉

這一首詩作，是將自己的喪夫之痛，以深刻而寧靜的姿態，透過一場夏日午後的凝視來描寫，在樹蔭與青空的光影交錯中，決定將愛情摒拒在生命的門外。逆行於生命之流，卻在思索的路途中茫然迷失，彷彿動物微弱的吐息，在嗆著香氣的南風吹拂下，一瞬之間，隨著沙塵捲向灰色的世界。這無疑是一首來自於承受著巨大打擊的心靈所唱出的悲歌，飄蕩的是悲痛的心情。

戰後，傅綠桑轉往淡水純德女中擔任舍監，經過一段時間的療傷止痛，後來應允了楊基先的追求，兩人在二二八事件的前後結婚了。楊基先先生當時是位律師，住在台中市的一戶日式大宅院中。而我的詩集《靈魂の產聲》終於在一九四九年四月十五日發行，記得當時共印行了五百多本，而我自己只拿了十幾不到二十冊的數量。四六事件的發生，不但沖淡了我人生第一本詩集誕生的喜悅，並且還成了一種「累贅」。於是，我將剩下的詩集全數寄放在表姊夫婦家中的日式壁櫥裡。

不久之後，楊基先以無黨籍身分出馬競選第一屆台中市市長，與國民黨所推舉的陳金標一爭高下，最後獲得勝選，拿下第一任民選市長的位子。楊基先在就任市長後，從原本的日式大宅院遷至市長官邸，所以有一天，我收到表姊傅綠桑寄來的一封信函，內容是詢問該如何處理那些詩集的問題。而我當時的想法是，反正日文書籍遲早是逃不了被焚燒的命運，所以我在回函的信件中，建議表姊不妨將之作爲炊飯的柴薪，付之一炬吧！

幾十年過去，時代變了，銀鈴會不再是「共匪外圍組織」，而以日文所出版的書籍也不再屬於查禁之列，於是我開始試著回收當年所出版的第一本詩集，然而，那些能夠免於時間的遺忘、不被粗暴的歷史所摧毀，而還能夠回到我手邊的，也不過是一、二冊罷了。

不論什麼時代，走過怎樣的歷史，「現實」並不是在無意義的時間中，漫無目標地飛蕩，任自飄流。「現實」是那內化成爲自己的呼吸、感覺以及認識的總和。而詩，是透過這些現實的諸多事件，融會於自己的身體感官，而逐漸化形、成長。

蕭翔文在爲我所寫的序中說道：「由於對自己內心的恐懼，在毫無目的地迎合現實的芸芸眾生中，林亨泰不斷地自我探索，並將自我的形象描繪在永恆的壁上。他所喜愛的常常是從自我之中自然生成的東西。」⑤他所提到的「從自我之中自然生成的東西」，的確是在我早期的詩創作中所試圖追尋的，而這同時也是令我得以邁開孤獨的步伐，繼續探索、努力，進而成長的原動力。

而我自己也在〈後記〉當中，描述了這樣的聲音。

> 人類初生時呱呱的產聲是喜悅，在神話的母親懷中我被擁抱。然而覺醒於青春年少的靈魂卻是寂寞的，因此我的青春與詩，是夢，也是哀歌。曾經爲了珍愛眞實的生命，卻遺忘了時間與空間，而靈魂卻因此留下了傷痕。此刻我揚起了的第三

次的生命之聲，那反映現實的意志的產聲是何等的嚴肅！

我將我的這第一本詩集視爲一種重生，它的重量，與我的誕生以及年少時失去母親是一樣的。然而我也希望借助詩的創作，蕩滌過去因孤獨與哀嘆卻忘記了「現實」世界的慘綠年少，因此「反映現實」在寫作的過程中，成了一種「意志」，換句話說，當時我所要表達的理念是，詩的創作既是意志的產物，亦是現實的反映，因此是嚴肅的志業。

加入銀鈴會，在我的生命時光裡雖然只是短短的一、兩年，然而它是一個重要的起步，萌生著我對於詩的思考原型。而銀鈴會的刊物《潮流》雖然也是一個或許不那麼起眼的學生性質的刊物，但是它記錄了那個貧乏時代的熱情，它的存在起碼證明了「空白」的謬誤，儘管它的結束方式也讓我們看見了歷史的荒謬。

〈新路〉是我開始嘗試以中文創作的作品，發表在一九四八年十月六日的「橋」副刊。當時，面對新的語言，新的修辭策略，新的創作意念，於是有點稚拙天眞卻又迫不及待地，昭告自己正要踏上新的路途，而那條「新的路」是這樣的：

在應去的路上
擲下了漸棄掉的歌
要說這是心變了嗎？
不　愛著正義的心仍依舊
變了的只是眼睛

從前不時流著淚
像日本少女底脆弱的眼睛
而今，眼睛的最深奧
有著一把嚴肅的火炬在燃燒
像從遠處回來
台灣正揚起她年輕的芬香
而那把火炬向整個樂土照照看
尋求有過苦難沒有
也要讓那火炬亮得使罪惡無處可逃

——〈新路〉

這首詩，算得上是我的心路歷程吧！於我當時而言，正是對「不時流著淚」、並且像「少女底脆弱的眼睛」的日本時代鄭重告別，而整裝待發後所踏上的嶄新旅程，則是「揚起她年輕的芬香」的台灣時代。期望以詩爲火炬，驅趕「樂土」上的苦難。這是年輕時的熱情，只是萬萬想不到的是，此時尚能入詩的「台灣」這兩個字，不久之後，就要被塗抹成空白了。

而另一首也是刊登在「橋」副刊的詩作〈按摩者〉，內容是這樣的：

他雖是瞎了眼
但卻沒有黑暗的夜間
當日沒街衢沉靜的時候
是爲了給誰聽呢？
好像牧羊神一樣
陶醉於吹著蘆笛

但他的任務
卻是給走馬似的女人
消滅遊後的腳酸
給過飽的富豪
按摩著多油的大腹
給凶猛的打手
暢流那凝結著的血管

假如做得到
他要捏死這些惡魔
爲了他是離開了一切的幸福

——〈按摩者〉

這首〈按摩者〉原文是日文，由林曙光中譯。在刊登之後引起了一陣不小的回響與討論，焦點多是集中在詩的「階級意識」問題上。眼盲的按摩者吹笛的聲音，在日治時代與終戰初期都還聽得到，現在已經成爲絕響了。那聲音並不是很普通或很平板的調子，而是忽高忽低，伴隨著陡然而微妙的轉折，是非常哀怨的旋律，尤其在寒冷的深夜裡聆聽這種聲音，是很讓人心酸的，因而，我將之比喻成希臘神話裡牧羊神的蘆笛。這首詩所想要表達的，是普遍存在的社會矛盾，以及底層人物的悲哀吧！而這樣的關懷，可以說是我在銀鈴會階段裡的一大主題。

加入台語戲劇社

最後我想一提的是，在師範學院的就讀期間，除了加入銀鈴會之外，我同時也參加了由英語系蔡德本擔任社長、並由史地系林曙光擔任主編的「台語戲劇社」以及「龍安文藝社」。台語戲劇社成立於一九四七年，或許因爲長期以來台語在官方的語言政策上不受重視的緣故，這個以台語來表演戲劇的社團，竟然在學生之間引起了一陣旋風，當時吸收了大約三百多名的社員，直逼學生總數的一半。我與蕭翔文、朱實、子潛也都參與了這個社團的活動。

台語戲劇社改編大陸的知名劇作家曹禺、田漢，以及日本白樺派作家有島武郎的作品，並且以台語來進行表演，所以在劇本的文字呈現上，究竟應該採羅馬拼音或漢字等等，這些在日治時期鄉土話文論戰時便出現過的爭議，也在當時的座談會中有著熱烈的討論。

而台語戲劇社也出版了自身所屬的刊物《龍安文藝》，這是由擔任主編的林曙光所命名，他的建議是說，日本的知名學府慶應大學的刊物叫做「三田文學」，主要是取其坐落於「三田」地區爲名，而師大位在台北市的龍安街，所以取「龍安」之名，應可凸顯其在地的特色。

這份由蔡德本擔任社長、林曙光爲主編、並由楊英風設計的《龍安文藝》，在一九四九年四月二日出版，五十來頁的刊物雖然算不上大規模，但是它難得地收錄了許多名家之作，如龍瑛宗、歌雷、謝冰瑩、黎烈文等等，而龍瑛宗的〈左拉的實驗小說論〉據說是他戰後的第一篇中文作品，因此深具時代的意義。而學生方面，除了銀鈴會的蕭翔文、子潛與我之外，還有黃昆彬、謝哲智、蔡德本以及林曙光等等，都有作品發表。

根據蔡德本的回憶，《龍安文藝》可能是戰後第一本活版印刷的校園刊物，因此，在當時資源匱乏的情況下，還能突破各種限制而製作出這樣的刊物，的確是非常珍貴而難得。

只是，《龍安文藝》一樣是在四六的鎭壓下，難逃被燒毀的命運，蔡德本回憶當時的情景：

爲了要避免彼此牽連，也考慮到不要使捐資的社會人士惹上麻煩，所以做了如此痛苦的決定。我們趕快回收已經發出的書及還在校内的書，集中在運動場邊的空地全部燒毀。又趕到印刷所，把留在倉庫的書全部搬到附近的草地上，點火焚燒。把辛辛苦苦出版的書，如此無情地燒掉，其時的心情正如慈母要親手殺死愛兒。因著火煙和傷感，我們滿面流著眼淚，將書一本一本投入火焰裡。其數目超過一千本。其他無法回收的書，大家也不約而同各自焚毀。⑥

焚書的灰燼覆沒了許多人寫作的夢想，也埋葬了我們的青春。

我在《龍安文藝》中發表了〈尼姑〉〈書籍〉兩首詩，當中，〈書籍〉是這樣的：

桌上
我眺望
層層堆立的書籍
想起
書籍作者大多
已不在人世
或是死於革命
或是病逝肺疾
甚至是發狂而死
這些書簡直就是來自黃泉的禮物
無限感慨我取出當中的一冊

一頁又一頁
繞巡著的我的手指

一寺又一寺
心如苦行僧的悽愴

而我祈禱
如香爐裡的燻香
我點燃一捲煙草⑦

——〈書籍〉

註釋

①葉石濤，〈陳素吟的愛與死——簡介瞳章子的長篇小說「永久二等兵」〉，《沒有土地，哪有文學》，台北：遠景，一九八五年，頁九一。
②收錄於《台灣文學》一・一（一九四一年五月），頁一四四，原文日文。
③同上，頁一四六—七，原文日文。
④原載於《台灣文學》三・三（一九四三年七月），頁三九，原文日文，作者署名「陳

緣桑」。

⑤原文日文，呂興昌中譯。

⑥蔡德本，《龍安文藝》終於找到了〉，《文學台灣》四六（二〇〇三年四月），頁一七六。

⑦根據日文原稿中譯。而刊登在《龍安文藝》上的〈書籍〉則由蕭翔文中譯。

第六章 《現代詩》季刊與新詩的「現代」化

四六事件之後，「橋」副刊被迫終止，銀鈴也不再敲響，文學的志業歸零。一九五〇年六月自師範學院畢業，申請回鄉教書，詩心文情不再，沉寂有六年之久，直到某一天在書店偶然瞥見《現代詩》季刊。

由「現代詩社」所發行的《現代詩》是一本季刊形態的詩刊，於一九五二年二月一日創刊，發行人兼社長是路逾，而路逾其實就是紀弦的本名，所以說起來，《現代詩》是由紀弦一人獨撐大局的刊物。

這份出現於五〇年代初期的詩刊，在訴求上究竟有著怎樣的特色呢？如果我們仔細閱讀紀弦在《現代詩》創刊號上的宣言，會發現其中有兩個重點，一是詩的「現代化」，另一則是「反共抗俄」：

我們是自由中國寫詩的一群。我們來了！站在反共抗俄的大旗下，我們團結一致，強有力地舉起了我們的鋼筆，向一切醜類，一切歹徒，瞄準，並且射擊。我們發光。我們歌唱。我們大踏步而來。

……要的是現代的。我們認爲，在詩的技術方面，我們還停留在相當落後十分幼稚的階段，這毋庸諱言和不可不注意的。唯有向世界詩壇看齊，學習新的表現手法，急起直追，迎頭趕上，才是我們的所謂新詩到達現代化。而這，就是我們創辦本刊的兩大使命之一。

四〇年代結束了，國民黨政府敗離中國，而台灣經過了二二八與四六事件之後，代之而起的，是國民政府爲固守僅存的江山而強行的高壓統治與白色恐怖。而「反共抗俄」是當時傳遍台灣各個角落的頭條口號，在文學創作方面，官方爲了迎合反共抗俄的思維而積極推動的，正是所謂的「戰鬥文藝」。

這種帶有濃濃「政治」味的戰鬥文藝，畢竟曾經引起文壇不小的回響，也吸引了許多作家投入反共書寫的行列。不過我認爲，那些參與或是熱中於戰鬥文藝形式的作家們，未必全是出自於個人的愛國熱情，也不盡然都深信文學必須擔負反共抗俄的使命，只是官方所祭出的種種優渥條件，如動輒是當時公務員年收倍數的文藝獎金，其實也是戰鬥文藝之所以能夠推展開來的一大誘因。

如紀弦就曾在「現代派」宣告成立之後的《現代詩》十四期（一九五六年）中提到，他之所以聲勢浩大地籌組現代派，目的並不在於追求任何名聲或利益，相反的，這樣大張旗鼓的結果，極可能從此與豐厚的「獎金」絕緣，他說：

那麼，也許各種的獎金，從此格外輪不到我了吧？對此我不能以放棄我的主張爲交換條件：那太可恥了。説眞心話，投稿應徵，還不是爲了充實「現代詩社」的經費？至於每月兩回買愛國獎券，也只是夢想開一所「現代書店」，專出一般書商所不肯出的眞正有價值的高級而純粹的文藝作品，以貢獻給精神飢渴的讀書界，好好地幹一番出版事業而已。①

儘管紀弦也曾經寫過所謂的「愛國詩」，並且還得過獎，也儘管紀弦的反共立場始終如一，然而前述這樣一段寫於戰鬥文藝正是白熱化階段的五〇年代中期的告白，也足以凸顯所謂的「愛國作家」們極有可能在愛國的表象下，更多是考量自身便利的不同企圖。而紀弦撰寫愛國詩的目的，就如他自己所坦承的，不外乎是放眼獎金的獲得，但是獲取獎金的目的，卻是爲了要推展「眞正有價値的文藝作品」，以及期望能夠對於「讀書界」有所貢獻的心情，這一點，畢竟是値得我們肯定的。

至於我與《現代詩》最早的淵源，應該是在詩刊發行到第六期以後的事情吧？如前所述，《現代詩》季刊第一次問世的五〇年代，台灣正是處於歌頌領袖、並且是以反共愛國爲主要創作題材的戰鬥文藝所盛行的時代，當然此時誰都明白，一片讚頌政治光明的背後，白色恐怖正在黑暗的角落悄然橫行。因此，當我在書店中偶然邂逅《現代詩》時，這個看不出任何「政治」蛛絲馬跡的詩刊，至少在我個人的心目中，其所隱然宣示的，是爲了那些不想跟著高喊口號或歌功頌德的詩人們所開闢的文學空間。

不過，當我第一次面對這麼一本標舉著「現代」之名的詩刊，心中仍然不免半信半疑，心想，戰後的台灣可眞的有「現代詩」了嗎？倒是在仔細閱讀了這份詩刊之後，不但發現當中有幾位詩人的作品相當令人欣賞，而且也可以感受得到，編者是如此苦心孤詣地針對以現代主義爲主的詩作進行有系統的介紹。儘管就我對於「現代詩」的理解，那些刊登在詩誌上的許多新詩創作，嚴格上講仍然算不上是「現代主義」的作品，不過整體而論，這份詩刊正合乎我的心意，也讓我找到某種新的可能，令我再度燃起創作的意念。

於是我以「恆太」爲筆名，將作品寄出，並且也被詩刊接受、發表了出來。不久之後，因緣際會，由於打算訂購方思的詩集而與現代詩社有所聯繫，而紀弦也很快地回覆我的信件，他除了回答我的問題之外，又問我爲何不寄一些詩稿給他。當然，在他的邀約之前，我早已將詩稿寄去而且還刊登了出來，只是當時他不知道我的筆名。所以從那以後，我都是以本名來發表詩作。

我想，《現代詩》有一個相當重要的轉折，那就是「現代派」的宣告成立。「現代派運動」正式成立於一九五六年一月十五日，也就是《現代詩》邁入第四年的時候。誠然，現代派運動在某種程度上，也與《現代詩》的經營一樣，主要是由紀弦所主導，不過，在以「現代詩」爲創作自覺並進而形成一股文學能量的，則是來自於眾多詩人的凝聚。有關現代派運動的發起、籌備，以及正式成立的經過，在第十三期首頁的〈現代派消息公報第一號〉中留有記載，過程大致上是這樣的：

由紀弦發起，經九人籌備委員會（葉泥、鄭愁予、羅行、楊允達、林泠、小英、季紅、林亨泰、紀弦）籌備的現代派詩人第一屆年會，於一月十五日下午一時半假台北市民眾團體活動中心舉行，出席者四十餘人，洛夫代表「創世紀詩刊社」

列席觀禮，公推紀弦主席，宣告現代派的正式成立……

這是一場集體性的公開行動，這場運動的推行是以一個「社會事件」的方式來展開，並且爲了能夠發揮更大的視聽效果，也爲了令現代派的理念能夠更加集中地傳播，這場運動還推行了諸如口號、標語、信條、綱要等等之類的東西，這在台灣當時或許十分引人側目，但如此的方式其實是許多現代主義文學運動所慣用的模式，沒有什麼好大驚小怪的。

六大信條與「橫的移植」

現代派運動的主張究竟包含了哪些內容呢？只要看一下「現代派的信條」應該就可以明白了，其所揭櫫的六大信條是這樣的：

第一條：我們是有所揚棄並發揚光大地包含了自波特萊爾以降一切新興詩派之精神與要素的現代派之一群。

第二條：我們認爲新詩乃是橫的移植，而非縱的繼承。這是一個總的看法，一個基本的出發點，無論是理論的建立或創作的實踐。

第三條：詩的新大陸之探險，詩的處女地之開拓。新的內容之表現；新的形式之創造；新的工具之發見；新的手法之發明。

第四條：知性之強調。

第五條：追求詩的純粹性。

第六條：愛國。反共。擁護自由與民主。

這開門見山的第一信條主要是意圖爲這場運動釐定一個範圍，那便是要放眼「自波特萊爾以降一切新興詩派」。紀弦雖然是提到了法國的波特萊爾，但我們不應該將這場運動的主要目標僅僅鎖定於某一國家或是某一個流派，根據同期所刊出的〈現代派信條釋義〉的進一步解釋，紀弦認爲：「世界新詩之出發點乃是法國的波特萊爾。象徵派導源於波氏。其後一切新興詩派無不直接間接蒙受象徵派的影響」，同時他又認爲所謂新興詩派是「包括十九世紀的象徵派，二十世紀的後期象徵派、立體派、達達派、超現實派、美國的印象派，以及今日歐美各國的純粹詩運動。」看來，在台灣所發起的「現代派」，其所追求的目標，幾乎是囊括了自十九世紀中期到二十世紀中葉這一百年之間緣起於歐洲的新興詩派潮流。

不過不能忽略的是，對於各新興詩派的追求，乃是以「有所揚棄並發揚光大」爲前提的，也就是說，對於各派的內容並非照單全收，也不僅僅只是做到以模仿爲滿足。顯然，這裡所強調的是利用「後來者」的便利性而站在一個更爲有利的位置，也就是說，正是這種時間上的「後起」，使得台灣的現代派能夠從一個更寬闊的角度，來吸收融合「之前」從歐洲傳播開來的以世界爲規模的文藝思潮，但是這種吸收與融合，主要的目標，還是在於期許能夠有所「後來居上」。

所以若從這樣的角度來看，信條一與二，在某種程度上其實是有著內在的關聯性，誠然這第二信條同時也是引起最多爭議的部分，尤其是「新詩乃是橫的移植，而非縱的繼承」這個說法，不但招致當時許多不同陣營的詩人如覃子豪的反對，同時也在後來的「鄉土」乃至於「本土」的相關討論中，成爲被攻擊的箭靶。但這在紀弦的心目中，以及在現代派的整體之中，是佔據著無比重要的分量。

「新詩乃是橫的移植，而非縱的繼承」的說法，不僅是現代派的六大信條之一，並且在「社論」中也再次被加以提及，紀弦甚至強調，這是比什麼都重要的一個總的認識。

當然，就「民族」或「傳統」的觀點，如此明白揭舉自己所屬的集團在創作上乃是要與「過去」切斷，並且師法「外來」，的確很容易被解釋爲是一種崇洋媚外、放棄自我主體性的立場。但平心而論，就像紀弦在《現代詩》十九期當中所提到的，新詩的系譜並非經由唐詩、宋詞、元曲一脈相承所自然演變而來的，我們很難否認現代詩有其「外來」的影響痕跡。我認為紀弦的「移植」之說，主要的重點還是在於移植之後的「在地化」，他在當期的〈代社論〉中是這樣說的：

> 因為這棵樹苗，雖說來自西洋，但它被移植到中國的土壤裡，經多年的栽培、灌溉，與品種的改良，而今顯已日趨茁壯，欣欣向榮，枝葉繁茂，開花結果，並且自然而然地成為中華民族精神之一表現的形態了。但是我們又不可以因為它在今日已經成為中國的東西，而就否認它本來是移植的這個事實。

關於「移植」外來思潮而扎根於本土的這一點，讓我想起日本的例子，尤其是在第一次世界大戰後崛起於日本文壇的新感覺派，也曾經有過類似的歷程。新感覺派的一群年輕作家，如橫光利一、川端康成、中河與一等人，本著對抗當時日本舊文壇的信念，而發起了一場文學革新的運動，他們就在那個關鍵性的時點上，極力主張吸取外國的前衛文學觀念與嶄新的技法，以豐富自身。

橫光利一曾在〈感覺活動〉一文中提到：「我認為未來派、立體派、表現派、達達派、象徵派、如實派等的某些部分，無一不屬於新感覺派。」②而川端康成也說過這麼一段話：「必須攝取外國文學的新精神——如未來主義、立體主義、達達主義的技法與理論，並且以多采多姿的方式再現現實爲目的。」由此可見，他們對於外來的歐美文藝理論是抱持著開放的態度，而如此近似貪婪地吸收歐美文學經驗的結果，究竟造就了什麼呢？

日本左派劇作家村上知義說得或許有些誇張，但畢竟反映了當時一般所流行的看法，他提到：「歐洲在第一次世界大戰前後，發生了未來派、表現派等運動，直到俄國革命之後又產生了結構派……但日本在短短十年乃至二十年之間所獲致的藝術成就，卻遠勝於日本在過去數千年之間所有進步的總和，而達成了空前的躍進。」

值得一提的是，川端康成在戰後一九六八年獲得了諾貝爾文學獎的肯定，而他的成名之作很多是在戰前便已經完成的。有意思的是，川端之所以受到諾貝爾這種「國際性」的文學獎的肯定，主要在於其作品所散發的「日本性」的魅力，而他在頒獎典禮上的致詞標題，也正是〈屬於美麗日本的我〉（美しい日本の私）。這樣一位十足「日本」氣息的作家，早在寫作生涯的初期，便比誰都更積極地攝取外來的文藝思潮，進而將之融合、內化成那包覆自身精神整體的「日本性」。

不僅如此，新感覺派的表現手法，竟也成爲處於敵對位置的普羅文學者的武器之一，尤其是部分的新感覺派作家在左傾之後，更是助長了這種攝取與消化，如小林多喜二的《蟹工船》、葉山嘉樹的《討海的人們》、平林泰子的《敷設列車》等等左翼的代表性作品，處處可見外來文學精神與技法的影響。

不過，我對於一味地將這種文學上的「影響」歸給「外來」的說法，也不盡然是贊同的，就在「移植說」成爲各方論爭焦點的同時，我也將我的想法寫在〈中國詩的傳統〉一文當中，刊登在第二十期的《現代詩》上。

文中我提出「現代主義即中國主義」這樣的看法，這個觀點主要是綜合艾略特、考克多（Jean Cocteau）、愛倫．坡（Edgar Allan Poe）以及瑞典漢學家高本漢（Bernhard Karlgren）等人的理論，所得出來的觀點。這裡所謂的「現代主義即中國主義」主要是強調，盛行於二十世紀初的前衛詩實驗，或者說，那些歐美的現代主義詩人所「發現」的許多現代詩技法，其實在中國的漢詩傳統當中早就已經存在了。

在這篇短文當中，我從現代詩的「本質」與「文字」兩個方面，來趨近「現代主義即中國主義」這樣的概念。首先，歐洲的詩，佔據經典地位的偉大詩作，向來都是浩瀚長篇的史詩，如《伊里亞德》（*Iliad*）一萬五千五百行、《奧德賽》（*Odyssey*）一萬兩千行，而十四世紀的但丁（A.Dante）《神曲》也有一萬四千兩百多行。這意味的是，自荷馬（Homer）以來的歐洲詩傳統，其本質乃是存在於「敘事」之中。如此的概念不但主導了歐洲的詩學傳統，同時也是詩之所以被視爲偉大的地方。但是到了十九世紀，人們開始對於短詩情有獨鍾，如愛倫．坡就曾經說過：「詩是越短越富刺激而越能激動人心，其可能發生的效果也越大。」不過他所謂的「短」，就現在的觀點來看還是頗具篇幅的，他說：「我想，也許在一百行左右的詩是最爲理想的，我的〈大鴉〉就是一百零八行。」③

因而，比較起來的話，傳統漢詩實在是相對「短」得許多，也正因爲篇幅的短小，因此它的本質就必須凝聚在它精鍊的「象徵」效果上，而不在於以篇幅取勝的「敘事」功能。然而，這樣的現象在中國有了一個饒富趣味的翻轉。仍是處於摸索階段的五四新詩，「大眾」成了文學的關懷焦點，對於現實的陳述反而成了人們對詩的主要期待，因此五四初期的新詩，是從「象徵」走向「敘事」的過程。

另外在「文字」方面，漢語學者高本漢曾說：「中國文字……一種意義的符號，而非語音的記載……它奇異的性質，造就其顯著的地位，凡在聽覺上同音的詞語，都可以在視覺上將它們辨識出來。」也就是說，漢詩的成立及其美感的來源，在很大的程度上是藉由文字意象所喚起的視覺功能。而法國的阿保里奈爾爲了實現他立體主義的主張，寫了一本詩集叫做《卡里葛拉姆》（*Calligrammes*），這本詩集的企圖正是在於進行文字圖像化、視覺化的實驗，雖然與漢詩的概念不盡相同，但他主要的目的是打破西方文字的限制，而將「表音文字」當作「表意」的符號來使用。

類似於阿保里奈爾的作法，更可見於其他的新興詩派如未來派等的作品之中。就某種意義上說，所謂「西方」的新興詩派，當中其實有許多是在接觸了歐洲以外地區的文學美感呈現與文字表達之後，將之援引作爲翻轉自身詩學傳統或文字限制的靈感。所以說，現代主義與漢詩的關係，不無與中國的傳統語言文字或文學美感表達，呈現了一種「互補」的欲望關係，因此我提出：中國詩的傳統，在本質上，即象徵主義；在文字上，即立體主義。主要是說，「西方」所發現的，其實早就已經存在於漢詩的傳統之中了，因此在面對現代主義的時候，根本不需要將之作爲「純粹來自外部」的東西，也無需將現代主義的美學創造一味地都「歸功」給西方。

只是我的這個「中國詩的傳統」說法，卻被近來的許多人曲解成「中國主義者」，這樣的曲解實在是欠缺將時代脈絡做一個立體的參照，尤其是詩人曾貴海先生援引了許多「外來的」殖民、後殖民理論，來指責我是「中國種族文化主義與文學信仰者」。我認爲以「文化種族主義者」來作爲指控，實在是非常嚴重，不是我這個——無法像曾先生那樣可以佔據某些優勢的文學資源與社經地位的——「被殖民」的文壇邊緣人所能承受的。

首先，對於整體社會的壓制最爲明顯而直接的五〇年代，「台灣」是一個禁忌的字眼，即使是吳濁流先生在將近十年之後的六〇年代中期，堅持將「台灣」這名稱帶進文壇的當時，也是再三受到警備總部的刁難。我想，「去殖民」的工作，不在於把過去的某些現在看來「政治不正確」的隻字片語抽離出來，然後予以譴責或要求加以淨化，也不能將後來被賦予某種合法性的「台灣」來反照當時「中國」說法的不可原諒。

相信當時很多人所說的「中國」，跟現在所意味的「中國」是很不一樣的，文字的意義有其隨著時代變化而移動的特色。我認爲有必要釐清的一件事實就是，現在的「中國」，被操作成是一種具有「外來霸權」意涵（包括對台灣具有威脅性的「對岸中國」、「國民黨」或所謂的「外省人」）的字眼。換句話說，當時所說的「中國」，與「外省人」、「國民黨」甚至是「大陸」之間，並不都是可以那麼清楚地畫上等號的。我要說的是，主宰台灣五〇年代的霸權是「國民黨政府」，而非中國。「中國」的形象逐漸與國民黨、外省人、霸權等等形象連結在一起，進而與「台灣人」產生區隔，是更後來的事情。

我同意，「去殖民」或「反殖民」的確是目前在台灣仍然必須進行的工程，不過我更想明白的是，在「去殖民」之前，是否要先釐清台灣的「殖民」是怎樣的內涵？並且在這樣的工程之中，我們要「去除」或「反對」的究竟又是什麼？但是曾幾何時，當今許多有足夠的言論自由與反省能力的評論者們，不再細緻地研究過去的殖民政府如何運轉它的國家機器，不去對於殖民者與被殖民者之間的複雜糾葛與心理幽微的光影，進行抽絲剝繭的分析，卻轉而檢閱被殖民者在不自由的情況下究竟犯下了怎樣的錯誤，究竟說了些什麼不該說的話，甚至責難他們為何什麼話都沒說。

在我的想法中，若要以「後殖民」作為觀照，不是應該去探討表象背後所盤根錯節的權力關係嗎？為什麼不去深入探討在「民族語言文字」的不對等關係中，處於弱勢位置的作家們（例如那些從日文跨越到中文書寫的所謂「跨越語言的一群」）如何尋求突破的因應對策，而僅僅是尋求字面上的「正確」或「不正確」呢？

我雖然以「中國現代派」稱呼當時出現在台灣的現代派，但是我在另一篇同樣是提到「中國現代派」的文章〈鹹味的詩〉，是這樣來總結的：

> 我們正希望著台北將成為未來的巴黎，正如巴黎已代替了過去的佛羅倫斯那樣。我們也正希望於我們的後代也有這麼一本書，其開頭幾句即這麼寫著：「現代主義運動的歷史，完結於中國。然而這一段歷史，引導我們從法蘭西到美麗寶島的淡水河畔的台北。但是，現代主義運動的開始，在很重要的意味上說，也在這中國。

我當時所期待的正是現代主義的本土化，雖然所用的字眼是「中國」，但這裡的地理位置明顯地只提到了「台北」與「淡水」。換句話說，即使心理所思考的實質內容是「台灣」，但卻只能以「中國」這樣的字眼來呈現；同樣的情形也可以倒過來說，那就是，儘管所使用的詞彙是「中國」，但是心中所投射的卻是「台北的淡水河」。

這只能說，「台灣」，若從三〇乃至四〇年代的角度來看，是一個被壓抑甚至是被遺忘的詞彙；但是若從七〇或八〇年代的角度來看，則是一個尚未得到明確意義與合法地位的詞彙，這種語言與意義對應的匱乏，只能說是一種集體的「症狀」。

接下來再回到關於六大信條的探討。第三條所揭舉的，也就是尋求新的內容、形式、工具以及手法，意味的是追求新的實驗精神。這與第一次世界大戰後發生於法國的「新精神」（Esprit Nouveau），是頗爲相似的概念。但是擴大來說，這種文學上的革新趨向，其實也正是前述各種新興詩派之間所共同存在的基本態度，同時也是內涵極其紛雜的現代藝術流派，之所以能夠被含括在一個總的「現代主義」名稱底下的一大前提。

而第四條中所提到的「知性的強調」，是指主知主義（intellectualism）的傾向，這也是第一次世界大戰後發生於西歐的文藝思潮之一，主要的提倡者有法國的梵樂希、普魯斯特（Marcel Proust），以及艾略特。他們反對浪漫主義的主觀傾向，也反對情緒情感的過於偏重，由於深信主知主義在文學上的重要性，因而提出了「主知的方法」。他們認爲遍布在情感、情緒、熱情周遭的，只是混沌而模糊的世界，對此，若是能夠以「知性之光」，像探照燈一樣照向世界，並進而賦予創作以方法和秩序，用這種方法所創造出來的文學作品，才得以免於散漫而能夠凸顯其明晰的洞見。

接下來第五信條的「追求詩的純粹性」，其主要的意義在於將「非詩」的要素（諸如哲學、道德、商業、政治、散文的一切）排除在外，但這似乎是一種不可能的狀態。提出「純粹詩」主張的梵樂希也很了解這一點，他認爲純粹詩就像完全的眞空一樣，是無法靠近的，但是他也爲純粹詩的概念下了這樣一個定義：「詩就是爲了更接近那不可能達到的既純粹又理想的狀態而努力生產出來的東西。」

最後說到第六信條，値得一提的是，在現代派成立的前幾天，大家都收到了由紀弦寄來的〈現代派通報第一號〉信函，這封信函當中附有「現代派的信條草案」，記得草案當中第六條所寫的是「無神論」，但是後來正式公布時，卻搖身一變成了「愛國。反共。擁護自由與民主」。明顯的，這一條與前五條的精神背道而馳，或至少最明顯的，乃是與第五條「追求詩的純粹性」相互抵觸。我想，紀弦本身應該也很清楚這一點，不過，這種「矛盾」的情形本身，若就當時的情勢來看，大概是一點都不「矛盾」的吧！

《現代詩》與我

記得當我第一次接觸並完全了解到《現代詩》季刊風格時，在我腦海中跑馬燈似的，重新浮現出中學時代曾經「亂讀」過的那些錯綜複雜、但十分有趣的各派前衛作品的影像，於是很快的，我知道我該寫什麼樣的作品了。

戰後的四〇年代，我曾在楊逵的影響下，寫了許多描述社會現象的詩作，並在同一期間，也嘗試了心理描繪的作品。但是，到了五〇年代中期，無論時局氛圍或創作條件都迥異於過往，因此當我面對《現代詩》季刊時，不禁開始思索突破重圍的可能性，以及自己所能扮演的角色。於是，我開始在藏書之間尋找靈感。即刻找到的是神原泰的著作《未來派研究》（一九二五年），還有集各種前衛文學影響於一身的萩原恭次郎的詩作品。

未來派是二十世紀初由義大利詩人馬里內蒂（Filippo Tommaso Marinetti）所創始，是一場同時在米蘭、巴黎、莫斯科三地發起的文藝運動。所提倡的是快速美，並從永久運動的視點出發，認爲時空存在的一元表現是可能的，同時也極力讚揚機械的力動美與噪音。當中讓我特別感到興趣的是「自由語」的創造與運用，諸如不同字體（約二十種）、大小不同字號、不同顏色（用了三、四種之多）、擬聲詞（噪音等模仿）、數學記號（×＋＝－＜＞等）、數字感覺、樂譜、歪斜顛倒字形、自由順序等，簡單地說，就是印刷技巧的運用，而前述法國詩人阿保里奈爾的立體派作品，也是屬於這一類的實驗。

然而這種運用印刷技巧的詩作品，在西方的實驗中並不能算是成功的，只是這樣的概念在日本詩人萩原恭次郎那裡，卻獲得了相當大的效果，也引起了不小的震撼，而不若西方的實驗一般，僅僅是帶來一些新鮮趣味而已。我想，這或許是與日本文字中漢字的視覺效果大有關係吧！

從這樣的靈感出發，我也開始嘗試符號詩的寫作。而刊登在《現代詩》上一系列的符號詩，都是在現代派運動發起之前就已經完成的，如〈輪子〉發表在一九五五年的第十一期詩刊上，至於引起最大爭議的〈房屋〉，則是跟「現代派信條」同時刊登在第十三期之中。

我這十幾首的符號詩都是在很短的時間內完成的，只是三十二開版面的《現代詩》季刊，一頁只能容納二、三首詩，因此這些短期間內所完成的詩作，就這麼花了一、兩年的時間才全部刊登完畢。這造成的印象是，表面上看起來我似乎是花了一、兩年的時間都在寫符號詩，但實際上連我自己後來對於這些符號詩也逐漸感到厭惡，而我手上還留有幾篇未曾發表的符號詩作，便是這個緣故。

儘管我十分清楚符號詩的實驗，對於根深柢固的傳統創作觀念，或是官方所規範的語言期待，有著衝擊甚至瓦解的可能性，但我對於這一類的創作實驗仍是心存極大的警戒。我曾經說過，這種實驗就像是吃下一帖的「瀉劑」。

因爲，所謂「前衛」的精神，是在於否定既有的概念與形式，並以破壞的方式來取得「新」的能量。但是在否定、破壞與不斷追求「新」的過程中，那些「新」的概念與形式很快地又隨著時間的推移而逐漸褪色。也因此，前衛作品一經完成、發表，並且在獲得人們的驚嘆或咒罵之後，幸運一點的，成了所謂的「經典」，不然，就成了陳腐的東西，留待新概念與形式的否定、摧毀，或取而代之。

所以，「前衛」作品的生命週期是快速而短暫的，它對我而言之所以像是一帖瀉劑，主要是因爲它曾幫助我對抗跨語言的障礙以及意識形態的束縛，也正是因爲走過這麼一段「非常的破壞」歷程，而才有了下一階段的開展。

無獨有偶的是，萩原恭次郎在前衛詩集《死刑宣告》之後，便又再度回歸他原來的農村詩人角色，繼續以農村爲創作題材。但是，這經過「前衛」所洗禮的「回歸」，卻已經不再是原來的樣貌了。

《現代詩》之後

《現代詩》在紀弦過人的意志以及同仁的熱烈回應之下，每期都有新穎的作品出現。只是在發行第二十一期的時候，由於經費短絀，於是請來黃荷生與林宗源兩位先生支援，並分別擔任主編與社長，如此維持了兩期，終於還是在第二十三期之後，陷入了長期的停頓狀態，時間是一九五九年三月。

然而就在一個月之後，也就是一九五九年四月，另一份詩誌《創世紀》的第十一期突然以嶄新的面貌出現，雜誌的版面由三十二開放大到二十開，內容方面也轉向積極吸納西方現代主義思潮的態度，不但放棄了以往所堅持的「新民族詩型」，而且還提出了超現實主義的主張，可以說是表現得比現代派還更現代派。因此，原本活躍於《現代詩》的主力軍，之後便轉移陣地，紛紛在《創世紀》上發表作品。

而原本反對現代派運動的藍星詩社，也在一年半之後，明顯地在作品與理念上更為趨近象徵主義。至此，時序進入六〇年代，詩壇呈現一股蓬勃多采的氣象，而「現代詩」這個專有名詞，也大致在這個時候取得和它相對應的內涵，並且進而取代慣用已久的「新詩」稱呼。

之後，一九六四年六月，刊名帶有濃厚鄉土風味的《笠》詩刊也順利地誕生了，這來自台灣詩人的集結，宣告的正是詩壇又將開啓嶄新的風貌。不過值得一提的是，笠詩社的十二名創始人員當中，約有半數曾經參與過現代詩社的活動，可以說，初期的笠詩社與現代派運動之間，的確有著某種程度的淵源。

但是到了一九六九年一月，《創世紀》在推出二十九期後，終於也不得不告一段落了。如果將五〇年代的《現代詩》與改版後的《創世紀》視爲一場擁有內在連續性的現代詩運動的話，至此，前後歷經多年的現代派運動，可以說是在六〇年代末期，完成了它階段性的任務。

而我自己總是將「現代派運動」視爲始於《現代詩》而終於《創世紀》的一場運動，並且認爲這場現代派運動的演變過程，可以分爲前後兩個時期，即：現代派正式成立的一九五六年一月到《現代詩》停擺的一九五九年三月，這段期間是「前期現代派運動」；而一九五九年四月改版後的《創世紀》第十一期到一九六九年一月詩刊暫時終止的這段期間，則是屬於「後期現代派運動」。

回顧這個十三年的現代派運動，路程雖然辛苦，但是它最終影響了台灣整個詩壇，更難得的是，它使得官方所大力推動的「戰鬥文藝」自然消失。必須說，這場現代派運動是成功地排除了「政治」的影響——當然，這裡所謂的「政治」，指的是官方為自身的統治需要而介入文學的意識形態。

或許後來的人可以很容易地批評，五、六〇年代現代詩作品的去政治化、無批判性，或者——若以被使用得最頻繁但因此也最難以定義的說法就是——「沒有反映社會的現實」的傾向，是一種懦弱或墮落的表現，我認為，當時在「政治」幾乎等同於國民黨政府意識形態的情況底下，「去政治化」本身正是一種批判。至於在「去政治化」的表象底下究竟藏有多少批判性，我想，這在每一位詩人那裡畢竟是非常不同的。還有就是，批判的力道不見得只能求諸外在現象的描繪，就如霸權可以透過語言或意識形態等等內化人心的方式來運作，批判的路徑，一樣可能繞過外在的現象而直指內在的結構。

我在這個階段的作品，與銀鈴會時代最大的不同，在於語言與意象的摸索。四〇年代，我所熱中的是對於外在現實與社會現象進行直接的描寫，然而由於這個階段大都還是使用日文來創作④，這使得我在語言的運用上可以進行較多的穿透。但是五〇年代則是進入到眞正以中文來寫作的階段，再加上大環境對於言論與創作自由的限制，因此在面對新的跨越時，我開始對中文的文字表現有了較大的關注。所以除了出現在《現代詩》中符號詩的實驗之外，我也將較多的摸索，放在詩的語言與內化的現實如何構成意象的過程。

失眠的我以內臟去感觸
宇宙之最悲痛的核心
閣閣　閣閣　閣閣　閣閣
青蛙從泥土中笑出聲音來
每一條畦道都在輾轉反側……
月亮如玩具般的移動著……

——〈失眠〉

易滑的土瀝青路上，
我是踱來踱去的光

但，我兩腿展開出去的角，
是最濃密的……
我是速度，也是影子。

——〈光〉

他的眼裡有許多砂粒，
他的額頭上有許多蒼蠅。
啊！他，誕生在這路旁，
因此，一切嘈雜都屬於他。

——〈誕生〉

註釋

①紀弦，〈紀弦獨白〉，《現代詩》十四（一九五六年四月），頁七四。

②〈新感覺論〉，《文藝時代》，一九二五年二月。

③ Edgar Allan Poe, *The Philosophy of Composition*, 1846.

④ 四〇年代的中文詩作僅有五首，分別是：〈靈魂的秋天〉、〈鳳凰木〉、〈新路〉、〈歸來〉、〈女郎與淚珠〉。

第七章　笠詩刊

山居歲月

一九五三年轉任彰化高級工業學校，五五年買了房子，那是位在八卦山半山腰間的一幢平房，視野極佳，可以俯瞰整座城市。

在彰工任教時，與楊守愚同事，楊先生是日治時期十分活躍的作家，漢文基礎深厚，以中文寫下數量非常可觀的小說，如〈凶年不免於死亡〉、〈一群失業的人〉、〈升租〉、〈移溪〉等等。他的作品有著對於社會各種矛盾現象的穿透與逼視，像是地主與佃農的不平等關係，或是在制度與威權下小老百姓的悲慘遭遇，都是他創作上的關懷主題，讀來總是不禁讓人對於底層的小人物產生共鳴與同情。

而當時也不知何來的習慣，每天早上固定都會與楊守愚相偕一道去學校。我總是準時地從半山腰的家裡出發，先與另外一位畢業於北大的同事黃奕章會合，然後經過楊守愚的家，三人就這麼一道往學校的方向走去。

另外還有一位交情不錯的同事，那就是台灣文學之父賴和的弟弟賴賢穎，他在三○年代就讀於北大的英文系，在中國求學期間也寫過幾篇小說，如〈稻熱病〉是他比較爲人所知的作品。他擁有不少來自中國的藏書，而我也曾經向他借閱中文書籍，記得有一本是關於屈原的書，令我閱讀再三，愛不釋手，但那時還沒有影印機，所以我就一字一句地將整本書的內容都給抄在筆記簿裡。

與這幾位曾經投入寫作的同事每每聚在一起，總是有聊不完的話題，但似乎也默契十足地不曾提及各自所參與過的文學活動。儘管每天與楊守愚相偕步行到校，也儘管我知道楊守愚是日治時期的作家，但是對於他的文學人生，所了解的也僅止於此，能夠有機會拜讀他的作品，是很久以後的事情。

只能說，白色恐怖的陰影，使得人生的某個部分是無法碰觸或分享的，這種現象，也使得日治時期已經達到某種高度的台灣文學，在五○年代的曲意沉默之中，被多數人遺忘，並且造成了一種認知上的斷層現象。而必須等到七○年代以後的重新挖掘，才得以從失憶中尋回歷史的斷簡殘編。

山居的日子還有位值得一提的鄰居，那就是畫家李仲生先生。李仲生是廣東人，

「東方畫會」的精神導師，也是台灣前衛藝術的先驅。他在戰前曾經留學日本，親炙各種前衛藝術與流派，並在四九年來台，影響了眾多的藝術門生。五〇年代的李仲生任教於彰化女中，宿舍剛好就在我家的附近。我們經常聚在一起談藝術，通常是他到我家，他的畫室相當神祕，外人無法輕易看到他的畫作。只有那麼一次，他正好必須回家拿東西，站在旁邊的我，才瞥見了那很有藝術家風格的凌亂房舍。

而他也答應要指導我繪畫，但是每每一打開話匣子，卻是燃燒不盡的前衛藝術話題，根本就沒有認眞地拿起筆來好好向他習畫。或許同樣具有「日本」的背景，李仲生對我的日文藏書也頗有興趣，經常向我借閱現代藝術相關的書籍，還記得有一次他在火車上弄丟了我一本有關畢卡索的日文書。

一般說來，現代主義的產生與城市的興起息息相關，而現代主義的藝術家們，也多是寄居在大都會的一群，但有趣的是，台灣的現代主義較大程度是來自於外來的影響，而未必完全是「自發」於社會本身的結構性變遷。因此，台灣現代主義的萌生，往往是存在於「非大都會」的一些個人或群集的作品之中。所以若就現代詩而言，集結在高雄左營的創世紀詩社便是其例，而五〇年代「蟄居」八卦山腰的李仲生與我，也算是遠離大都會的現代主義愛好者吧！

而另一個比較奇特的現象是，日本的現代主義思潮對於台灣的藝術與文學其實有著不容忽視的影響，姑且不論日治時期透過日文而接觸現代主義的台灣詩人與作家，甚至大陸來台的文藝界人士當中，如李仲生、紀弦或覃子豪，都是曾經到過日本學習並且透過日文吸收現代思潮的一群。

《笠》詩刊的成立

戰後台灣的現代主義崛起於五〇年代，大放異彩於六〇年代。而一般台灣文學史在分期上，也多是將五〇年代視爲反共文藝當道的時代，六〇年代則是現代主義獨領風騷。不過我想說的是，現代主義誠然在一片反共文藝中殺出一條血路，但說它後來成了六〇年代的文化霸權，倒也言過其實。事實上，文壇中一直都存在著反對現代主義的強大力量，尤其是認爲文學必須承載「民族精神」，或認爲新詩必須擁有中國傳統詩的典雅厚實等等看法，都仍然有其難以搖撼的地盤根基。

但是無論如何，任何一種藝術的流派或運動持續得太久，都有可能失去創造力或產生浮濫的情形，更何況，隨著社會氣氛的細微改變，這些運動本身也可能產生另一種質變。台灣的現代主義在崛起之初，的確是以追求文學的自律性來擺脫「政治」——無論是以「反共愛國」或「民族精神」之名來稱呼——的索求，並且它也企圖擺脫過去與傳統——通常這代表的是主流文化——的束縛，而表達現代人或現代生活的情境。所以現代主義在早期確實是很有顛覆性的，但是過度將焦點集中在形式實驗或詩本身的內在結構，其結果，也可能犧牲了詩在意義上的繼續挖深。

因此就這個意義上來說，台灣現代主義經過五〇而進入到六〇的年代，當它逐漸獲得文壇相對穩固的地位之後，其實也預告了它即將變形、分裂而成爲另外的形式。然而，除了詩潮與概念的變化之外，以「人」爲單位的聚散分合，也在悄悄地移動著板塊。而那些失去表達工具卻無法忘情文學的台灣作家們，也在經過了五〇乃至六〇年代的沉潛，儘管面對著語言的轉換，背負著過去的恐懼以及當前的生活重擔，他們還是準備好了，等待出發。

一九六四年四月，《台灣文藝》創刊了，這個堅持以「台灣」之名來呈現的文學雜誌，是經過了十幾年的白色恐怖之後的一次重要突破，標舉「台灣」爲雜誌的名稱並不是一個隨機的決定，在它的旗下聚集而來的作家們都是「台灣人」，這顯然是另一種力量的集結，一群有著某種「共通性」的群體正要聚在一起發出「不同」的聲音。

《台灣文藝》是一本綜合性的文學雜誌，內容涵蓋了小說、詩，以及座談會等等的內容紀錄。不過在「詩」的方面，創辦人吳濁流先生是獨鍾傳統漢詩的，就如在

《台灣文藝》創刊號中，吳老寫了一篇〈漢詩需要革新〉的文章，他慨嘆當代的年輕人對於舊詩歌已經沒有多大的興趣了，但是反觀日本至今依舊喜愛漢詩，並且對於漢詩的研究總是嚴肅以待。因此吳老非常擔憂國內視漢詩如敝屣的傾向，同時也認爲新起的白話詩尚未達到如唐詩一般的高度，他說：

> 現在的白話詩，平心而論，尚未結晶，不是仿效洋就是仿效日，還不能像唐詩與世界文學並駕齊驅，還是帶有一點牛奶味的……漢詩是中國文學之結晶，有傳統，有精義，有靈魂，有血液，有骨髓，可與民族共存榮，哪可置之不問，其寶貴實在此……漢詩的價值還有一個寶貴的理由，漢詩是我民族創造文化的精華，所以沒有模仿性，不比現在的新詩受到外國文化影響而產生，難免帶有牛奶味，兼之散漫。①

吳濁流先生認爲漢詩是民族的靈魂與精華，這樣的想法當然與他個人的成長經歷有著密切的關係。吳濁老雖然是受完整的日本教育，但是從未放棄漢文，在日治時期曾經加入「苗栗詩社」以及「大新吟社」，對於漢詩的情感自然深厚。因此他在〈漢詩需要革新〉這篇文章中，對於漢詩的無法與時俱進，也表達了遺憾之情，並提出了革新之道。於是，基於愛護漢詩的心情，《台灣文藝》在第一期便推出了「台灣漢詩壇徵詩及募稿啓事」，徵選「七絕二首爲一篇」體裁的漢詩。

然而尊崇漢詩的另外一面，吳老對於白話詩（新詩）仍然不免有所疑慮，最主要的理由，若從他的文章脈絡來看的話，應是緣於認定其乃「模仿」下的產物，因此是欠缺民族精神的。記得《台灣文藝》創辦前後，每逢吳老南下彰化，總會順道來訪，而我們也會針對漢詩與現代詩交換彼此的意見。作爲一介後起晚輩，卻經常爲了抒發對於現代詩的看法，時而對熱愛漢詩的吳老有所冒犯頂撞，幸得吳老的海涵，不與我計較。不過，儘管吳濁流先生在情感上難以苟同現代詩，但他仍是展現了對於各種文學的包容氣度，《台灣文藝》每一期都刊出爲數不少的現代詩作，而我在創刊號上也翻譯了一首石原吉郎的現代詩作〈夜的來了〉。

然而《台灣文藝》的出刊，也使得一群想要走得更遠的詩人集結了起來。

正是在《台灣文藝》的鼓舞與刺激之下，幾位寫詩的朋友也醞釀成立一個以台灣詩人爲主體的詩社與詩刊。這個想法很快就有了具體的實踐，陳千武先生將幾位人員串連起來，連同詹冰、錦連、古貝與我共五人，先是在三月初的時候，借詹冰位於卓蘭的住家討論詩刊籌措等事宜。之後不久，《笠》詩刊終於在同年（一九六四）六月正式出刊了，這不但意味著「台灣」詩人總算擁有了一個完整的詩的活動空間，更重要的是，詩壇又將面臨一個新局面的開展。

《笠》詩刊的命名是來自於我的建議，靈感源於當時坊間最爲暢銷的雜誌《皇冠》，皇冠的意象是貴族，高不可攀，而爲了凸顯詩誌的素樸與本土，因此以台灣傳統生活中爲農村大眾所熟悉的斗笠作爲詩社集體的象徵。其所隱含的意義，也是在於擺脫如「皇冠」般絢麗華美的路線，期待重將台灣的某些在地特質作爲今後創作的方向，而這個名稱也得到了同仁的支持。

但無論如何，以「台灣意象」作爲詩刊名稱的想法，是所有同仁的共識，陳千武先生在〈談《笠》的創刊〉一文中，提到當時的狀況：

> 首先是詩刊的名稱。從各人提出的詩刊名稱，如「台灣詩刊」、「華麗島詩刊」；還有具有台灣特色的植物「相思樹」、「榕樹」、「鳳凰木」這些容易看到的名字，不無嫌通俗了一點。林亨泰提出了「笠」一個字，令人想到與「皇冠」的對比。台灣斗笠的純樸、篤實、原始美與普遍性，不怕日曬雨打的堅忍性，也就是表示島上人民勤奮耐勞、自由、不屈不撓的意志的象徵，隨即獲得了大家一致的贊同，決定出版《笠》詩刊，雙月發行。②

笠詩社十二名創始人分別是吳瀛濤、詹冰、桓夫、林亨泰、錦連、趙天儀、白萩、黃荷生、杜國清、薛柏谷、王憲陽、古貝等。當中不少曾經參與現代派，可以說，早期的笠詩社與現代派運動有著頗深的淵源。然而笠詩社的成立，顯然是醞釀了與現代派運動的漸行漸遠，甚至是從此分道揚鑣的契機。

《笠》詩刊的十二位創辦人各有不同的文學背景，對文學的主張也不盡相同，然而「台灣人」是唯一的共同點。只是如果說，「台灣意識」已經在那個時刻獲得合法的地位並且昂揚高升，恐怕言之尚早。不過，在那個艱困而閉鎖的政治環境中，有了這麼一個象徵本土色彩的詩刊，它所帶來的暗示性是富於感染力量的。所以，從這樣的角度來看，十數年後所熱烈開展的鄉土文學論戰，可以說是在經過了前一個階段的醞釀與潛伏之後，才匯集累積了足夠的爆發能量吧！

笠詩社創辦之初，同仁推薦由我擔任首任主編，在著手編輯《笠》詩刊時，獲致同仁的支持，而得以無需考慮銷售狀況等問題，於是我便放手企畫了「笠下影」、「詩史資料」、「作品合評」等幾個專欄。並且爲了盡可能避免個人主義，「社論」、「笠下影」與「本社啓事」等專欄雖然由我執筆，但一律以「本社」的名義刊出。這幾個專欄後來都成爲笠詩刊的特色，也維持了一段不算短的時間。

其中，「笠下影」與「詩史資料」這兩個專欄，主要是對於詩人的作品與創作歷程進行介紹。在我主編的六期詩刊當中，「笠下影」的部分我依序介紹了詹冰、吳瀛濤、桓夫、林亨泰、錦連與紀弦。

例如在創刊號的「笠下影」，我推舉詹冰爲首席，並且認爲以他過去的成就而言，在當時可以說是受到了不當的忽視，因此也「呼籲」學院派的研究者們，不要忘記台灣詩壇還有這麼一位值得重視的詩人：

最高之山，在於最深奧之中，往往非大眾所能踏及的。詹冰的詩之於目前吾國吾民中，猶如最高之山，猶如眾人未踏之地。我們能於此時此地加以介紹，實令人感到由衷的喜悅。同時，我們願意順便向以將文化從古代收藏到現代、由西方搬運到東方爲己任的掮客的代表們——大學教授提醒一下，希望不要忽略了詹冰在詩方面的成就。

在這裡我想說的是，撇開現代詩的創作者本身不談，當時在學界，或所謂的批評界，其討論詩的方式，不是以中國傳統詩歌爲理想典範，就是以西方的理論爲標竿，③然而「此時此地」的詩人卻不在他們探討的範圍內。因此「笠下影」這個專欄，主要目的雖然是向讀者介紹詩人的作品與創作歷程，但同時也希望藉機能夠使讀者認識那此一被主流詩誌所忽略的台灣詩人。

說起來，打從五〇年代開始，詩壇雖然零星可見幾位台灣詩人的作品發表，但相較於大陸來台的詩人，畢竟都還是處於邊緣的位置。尤其我希望大家可以明瞭一件事實，那就是，語言是創作的根本，失去語言幾乎就等同於被剝奪了表達的能力，不過，難能可貴的是，台灣仍然有一群失去語言卻不甘沉默的詩人，依舊與詩和語言進行著偉大的搏鬥。我在《笠》詩刊第二期的〈笠下影：吳瀛濤〉中寫下這樣一段文字：

> 使用的語言改變，生活的律動改變，整個社會的氣息改變，對於詩人來說，是非常重大的變故。當然，有些詩人或許就因此而沉默了，但我們不去談這些，我們應該提一下一群不屈不撓的詩人，他們不論時代如何改變，語言如何轉換，仍然歌吟不絕。這些詩人在過去、現在都一直不懈地寫作著，就是從日文到中文也仍然創作著，如吳瀛濤、詹冰、桓夫、林亨泰、張彥勳、蕭金堆、錦連就是。

我在笠詩刊初創的當時，便不斷強調「跨語言世代」詩人的處境。「跨語言」意味的同時也是一種「跨文化」與「跨歷史」，而「跨越」所帶來的，則是一場既抗拒又融合的過程。笠詩刊的成員儘管十人十色，但是，我們所走過的曲折歷史，所接受過的大時代的思潮影響，以及共同面對的命運困境，這些，都成了早期笠詩社凝聚的基礎，並進而成爲牽引文學的力量。

因此，也由於這潛在的「共通性」，或說，一路走來所點滴形塑的歷史感與傳統觀，使得當我們凝聚在一起共同參與創作時，無形中爲現代詩帶進了不同的概念與質素，這是一個不爭的事實。所以陳千武先生說得好，他認爲台灣的現代詩有「兩個球根」，一是戰後大陸來台詩人所帶進的新詩球根，另一則是台灣日治時代所留下來的新詩球根，我非常贊同陳千武這樣的說法。④

而這所謂「從日治時期所留下來的新詩球根」，儘管因爲語言的斷裂，還有前輩詩人的折筆或沉默，戰前與戰後的台灣詩人，嚴格上說不能算是一種直接的傳承關係，但是透過日本詩潮所接受的現代詩觀，以及前述一路走來點滴形塑的歷史感，在相似的潛移默化中，使得前後的世代仍然保留了某種內在的聯繫。

在擔任《笠》詩刊主編的時候，除了「笠下影」之外，爲了建立更爲充實的資料庫，因此也呼籲全國的詩人將資料或著作寄到笠詩社，以提供研究的材料。另外，「作品合評」這個專欄則是針對當期所刊登的作品，以類似於座談會的方式進行批評。這個構想雖然來自於日本詩刊，不過，笠詩社採取的是同仁集體參與討論的方式，而不同於日本通常僅由二、三位資深詩人所進行的對談。

記得第一次的「作品合評」是在八卦山的家中舉行，或許是首次推行的緣故，效果並無預期的理想，但之後很快就進入了狀況，同仁們熱烈發言，那斗室有限的空間，頓時充滿著無限的可能。更重要的是，透過互相切磋琢磨的結果，不但增進對他人詩作的認識，同時也提供作者對於自身作品不同的理解與改善的角度。

此外，我也曾擬定一份「組織章程」，油印分送給同仁，現在這份章程已經散佚，但內容我還記得。首先是有關《笠》詩刊編務的人事構想，希望是以三、四十歲的同仁為主幹，也鼓勵二十歲世代的成員參與，而五十歲以上則是擔任詩社的顧問，也因此當時最年長的吳瀛濤，便成了笠詩刊的第一位顧問。這個構想的規畫主要是期待《笠》詩刊可以綿延不斷，並且能夠持續它的年輕與活力。另外，在這份組織章程中，還發布了財務管理、發行辦法等計畫，可惜這份油印現在早已杳然無蹤了。

前文提到，笠詩社的成員雖然與現代派有著某種程度的淵源，但隨著《笠》詩刊的創立，這意味的不但是「台灣」詩人的集結，同時也是對於詩在風格與思考上與現代派的分道揚鑣。

但是這種變化並非一朝一夕，而是緩慢地潛行於對詩的思考之中，同時也是在詩人對於社會變遷的敏感觸覺之中，逐漸形成。這種對於變革的期待，在我所書寫的社論裡，其實便已透露了些許的蛛絲馬跡。在創刊號的社論〈古刹的竹掃〉中，表達了我對於「現狀」的不滿：

> 茫然地去談論「詩是什麼？」這是沒有意思的；對於詩，我們所能夠說的只是「某某人的詩是什麼」而已。儘管集古今中外著名學說的精粹而成的也罷，這種所謂「詩學概論」（事實上，其大多數只是慣於以剪刀剪去了它的公約數，再用連接詞這個漿糊將它連結起來的而已），假使不是由凝視作品開始而寫成的，那同樣地也是沒有什麼意思的了。我們所渴望的是：把呼吸在這一個時代的這一個「世代」（generation）的詩，以適合於這個時代以及世代的感覺痛快地去談論。

《笠》詩刊創立之初的六〇年代，現代詩雖然多少已在詩壇內部取得了某種地位，但外部對於現代詩的歧見依舊很深，對於詩的看法在很大的程度上，也都還是停留在傳統詩學的範疇之中。所以在這篇社論裡頭，我想凸顯的是「我們這個時代」以及「我們這個世代」的聲音必須被傾聽，但是傳統的詩學已無法滿足這樣的需要，因此我們必須追求適合於這個時代的形式來表達這個世代的經驗。

這樣的說法在內涵上，雖然與七〇年代所呼喊的「重視此時此地的社會與現實」

不盡相同，然而那種驅動的精神力卻何嘗不是相同的？只能說，不同時代有著不同的對話目標，批判的針對性也是不斷隨時代而變遷的。五、六〇年代要打破的，是由官方所主導的語言與文藝策略，以及傳統詩學的束縛，其目的，是爲了擺脫官方意識形態的介入，並爲現代詩尋求合法的地位；但是七〇年代，當現代詩已經站穩腳跟之後，它所必須搏鬥的目標再也不是語言或形式，而是以更成熟的語言外探或內照人的生命情境。再加上七〇年代台灣所面臨的世界局勢、白色恐怖的逐漸鬆懈，無疑是驅策感覺靈敏的詩人，再度將詩的觸角伸向社會與政治的契機。

還有，現代詩的「難懂」，大概是現代詩從成立以來，不管在台灣或世界的其他地方，都是不斷被反覆喧嚷、爭論不休的，而我在另一篇社論〈破攤子與詩人〉中，是這樣看待這「難懂」的問題：

> 「難懂」可以說是二十世紀文化全盤的樣相，也可以說是一種進步。那些只知道非難現代詩，甚至認爲是一種病態，而一味加以指摘的人，不僅對於現代詩缺乏理解，甚至連自己所呼吸的這一時代的文化氣息，也遲鈍到茫然的程度，當然，有一部分詩人，並不是本著精神活動本質的要求，而是以一些文言僻字加以裝飾性的運用，徒然在文字的排列上巧妙地把詩湊成難解之物，對此，我們絕對反

對，但是，如果是由於「批判性」或由於「方法學」而成為難懂，這種詩應該是允許的。

使用艱澀的文字，「故意」將詩寫得複雜難懂，的確不足取，但是，現代詩的難懂，與其說是詩人故意賣弄，倒不如說是現代的生活與思維變得比以前更複雜、更詭譎，因而更難以掌握所致。艾略特也曾經慨嘆，「詩愈是純粹，則詩人愈是遠離大眾」，詩人永遠是擺盪在「以流暢的文字表達使讀者容易明瞭」與「忠於自己的靈魂並將詩作得盡善完美」的衝突之中。

詩人不能一味地為了使他的作品「平易近人」而盡是寫一些討好讀者——這裡的「討好」，可能是指寫一些讀者愛看的、同意的、感覺舒暢的——的作品，詩人也必須挑戰讀者，寫他們感到害怕的作品，顛覆他們既成的觀念，破壞他們已根深柢固而未曾反省的美學感知。我從六〇年代開始便不斷呼籲，詩的「大眾化」必須與更豐富的文學知識、更積極的文學教育一起攜手並進，才可能共同達成。

而將詩的創作從方法論的角度來趨近，同時也是意味著將詩作為一種思考的方法。詩，和其他的文學類型一樣，是在不斷發展中成為傳統，並且在不斷改變中顛覆傳統。也因此，詩，這個包括了語言、形式與思想在內的產品，當然也會在傳統的形塑過程中建立起某種意識形態、美學典範，還有那些決定著好壞美醜的價值。於是，對於傳統或既成美感的突破，正也是一種思考的突破與解放，而這種解放，也可能因此讓我們看見心中的成見，也可能提供我們對於世界與人生不同角度的觀照。

我經常以紀弦的〈脫襪吟〉爲例，來敘述這美醜疆界流動的可能，如《笠》詩刊第六期的社論〈精神與方法〉是這樣下了一個結論：

其實只要有表現力強的詩人，即使是「醜」，豈不也照樣能夠入詩？例如紀弦的〈脫襪吟〉曾用「何其臭的襪子，何其臭的腳」來表現流浪者的痛楚，並且又寫得相當迫切動人！那麼，這感動不就是詩的美感嗎？果眞如此，紀弦詩中的「臭」可說是發生「美感」了！

黑與白、大歷史與小歷史

就在一切就緒並且漸入佳境的時刻，也就是在主編《笠》詩刊的第二年夏季，一場颱風的來襲造成土石鬆動，導致房舍正前方以石塊築成的石砌高牆崩塌，這嚴重影響居住的安全，也使得我的編輯工作大受影響，於是在這樣的情況下，只好將《笠》

詩刊的編輯工作轉交白萩等諸位同仁代勞。

之後的人生，一直在種種生活的考驗中度過。

屋前數度倒塌，於是在一九六七年不得不搬離最愛的山居生活。但更大的劫難還在後頭，我在學校除了教書之外，還必須負擔招生的工作，一九七〇年暑假考試的入闈期間，一連數日徹夜不得好眠，因此在過度勞累下引起身體的不適，檢查的結果，竟然是急性腎臟炎，必須立即住院。然而治療的結果，不但病情不見起色，甚至轉爲慢性，在病床上躺了三、四年。

於是提早申請退休，接著又跟病魔纏鬥了四年，整整十個年頭就在病榻中度過，在這困頓的歲月中，視病況的好壞，偶爾還是會參與評審、作品會評、演講、年會之類的工作。但是慢性病人畢竟需要長期的靜養，也要盡量避免一切的應酬，所以和文壇的朋友們幾乎是沒有什麼聯繫了。然而最讓我感到苦悶的，莫過於無法與同仁進行密切的交流，不但疏遠了昔日的好友，對於某些邀約，有時也不得不婉辭以謝，或許是這個緣故，引起了一些誤會。

我在六〇年代雖仍執筆不輟，一直都有論述的文字生產，在詩的創作上卻是少得可憐了，說起來只有一九六二年五到六月在一個月之間所完成的〈非情之歌〉。這前後連貫的〈非情之歌〉包括序詩在內，共有五十一首詩作，在設計上是以序詩爲開端，並採取每十首爲一組的方式呈現，發表在兩年之後的《創世紀》第十九期（一九六四年一月）。爲了不重蹈當年符號詩花了兩年的時間才刊完的覆轍，我的〈非情之歌〉以每頁三段的密集編排，一次刊畢，共花費了八頁的篇幅，所以說起來，〈非情之歌〉的完成與發表，都是在《笠》詩刊創立之前的階段。

這一系列的詩作主要是採取了「黑」與「白」的意象來貫穿，當時是冷戰正熾的時刻，整體的社會普遍瀰漫著二元對立的思考結構，而「非情」其實是日文，意思是「冷酷」、「無情」或「麻木不仁」的意思。也就是說，在〈非情之歌〉裡，一方面是意圖以黑白的意象結構來觀看世界與人生的百態，但更重要的，也是藉黑與白的對立，來質疑人類歷史永無止境的衝突與犧牲。當然，就詩的效果來說，這黑與白就像「代號」一樣，在那言論還不自由的年代，可以任讀者來代換、投射他們心中的想像。

爲的什麼啊？
白的你
恨

爲的什麼啊？
黑的你
恨

在可愛的清晨裡
你們對立著
在莊嚴的黃昏裡
你們對立著

清晨流出的淚滴
濕遍了山河
黃昏流出的血液
染紅了海空

——〈非情之歌〉（作品第三十四）一九六四年

盲目的白與黑
這部悲慘的人類史
記述著無明與庸闇

啞者的白與黑
這部悲慘的人類史
記述著陰險與暴戾

聾者的白與黑
這部悲慘的人類史
記述著虛僞與冷酷

盲啞聾者的喜劇
這部悲慘的白與黑
記述著惡運與災禍

——〈非情之歌〉（作品第三十五）一九六四年

欲睡　但仍未睡
欲閉　但仍未閉
　　仍在試探
　　仍在懷疑
白黑混淆不清的
　　可怖

白的眼睛
欲醒　但仍未醒
欲開　但仍未開
　　仍在禁忌
　　仍在拒絕
白黑混淆不清的可怖

黑的眼睛

——〈非情之歌〉（作品第四十）一九六四年

一九六二年在完成詩集《非情之歌》後，再度提筆寫詩，是十年後的一九七二年。然而，在歷經疾病與生活的困頓之後，詩風也有了改變。

四〇年代的銀鈴會時期在楊逵的影響下，我將「現實的反映」作爲創作的標竿，然而出現在五〇年代的「現實主義」，其概念再也不是如楊逵或歌雷等左派作家所標舉的理念，而是被官方所據爲己有的文藝主張。姑且不論「戰鬥文藝」本身就是一種「擬現實主義」的形態，就連官方所推出的文藝政策，都是標舉現實主義爲救國救民的良方，如當時的立法院院長張道藩在一九五四年所公開發表的〈三民主義文藝論〉，便是如此主張。於是，不想被政策收編的詩人或作家，找到了足以對抗這種「擬現實主義」的形式，那就是現代主義——當然，那是糅雜了環境與時代的需要所形成的具有台灣特色的現代主義，還有，如果說它是晦澀的，那麼，正是當時的環境與局勢造就了這樣的特色。

但是到了七〇年代，對於現代詩的晦澀感到不耐的聲音開始浮現，而敏感的詩人本身，其實也早已醞釀著下一步的轉變。

我的這一首〈生活〉，是一九七八年發表在《台灣文藝》的作品，是對生活情境的一種內省。

你的聲音，若不從你的喉嚨發出；
而要裝成有體面的人的喉嚨發出
那是可悲的。

你的聲音，必須是極爲單純的，
要單純得像一個農夫那樣才像你，
要單純得像一個工人那樣才像你。

那些聰明傢伙一個個地得志了，
有些人出了名就趾高氣昂，
有些人發了財就遠走高飛。

不必靠了一個特別理由來活，
活下去本來就是不用藉口，
除非你侮蔑了它。

——〈生活〉一九七八年

八〇年代的台灣，「歷史」突然以鮮明但紛雜的方式在人們的眼前展開，衝擊著人們的知識甚至於感官，各種大歷史與小歷史相互交錯，也相互糾纏。人們也開始了解到，歷史，未必總是趨向理性的發展，也不盡然都是直線前進的歷程，人類在這龐大而無方位的生命驅力中，緊緊貼住空間，或是扭曲，或是化爲塵土，但也可能鍛鑄成爲耀眼的鑽石。

像乾裂的河床
留在時間裡
隱約可見的爪痕

無指向的方位
緊扣著空間
歷史縮成拋物線

不回首的記憶
將山脈烙印
於多皺的谷中

將沉默堆了起來
砌成了時間墳墓

——〈爪痕集之一〉一九八三年

人物早已成爲骷髏
景物早已化爲灰塵

主題發出閃電之後
疾走在想像原野上

赤土被鎚成鋼鐵
炭屑被鍛成鑽石

——〈爪痕集之四〉一九八三年

慢慢地
被吃掉果肉之後
給人任意丟棄的
龍眼果核
垃圾堆裡
像隻瞪大的眼睛
埋怨地
看著滿地的果殼

華麗的街心
一群影子
躲入亮麗的燈光裡

——〈爪痕集之五〉一九八三年

掛在牆角裡
人工月亮
是脆弱的玻璃製品

在歡樂之下
靜靜埋葬
再也不甦醒的瞬間

——〈爪痕集之七〉一九八三年

然而不知有多少小歷史中的小人物，像是被吃掉而且被丟棄的果核，只能憤怒地瞪著眼睛，哀怨地看著和他同樣遭遇的人。同時也有那麼一群人，在華麗的光影底下追逐自己的形象，選擇以歡樂來塡充難以跨越的歷史鴻溝。

在各種歷史的交錯與糾結中，政治成了角力場。於是，「政治」再度進入到文學的視野中，但是與五〇年代大不同的是，八〇年代是一股自下而上的力量，這股力量以各種形式迸發，鬆動了舊時代賴以爲根基的土壤。

力量來自哪裡？
不是咬牙　不是搥胸
不是埋怨　不是流淚
力量來自哪裡？
不必發誓　不必焚身
不必廝殺　不必流血
力量來自哪裡？
什麼也不必做
只要輕輕地
但，堅定地
說聲：「不！」

三五個說，或許沒有什麼
但，如果是幾萬人
幾十萬人、幾百萬人
　齊聲說：「不！」

啊！
只要請你輕輕地
堅定地
請你說聲：「不！」

啊！
好好地保持你的生命
愛惜你的生命
等到適當的時候
請你說聲：「不！」

——〈力量〉一九八七年

在冰凍的雪地上
無所事事
逐漸衰老的
海狗
成群的
或三三兩兩的

白茫茫的景色
是長年封閉的
一個結論
死心地
堅守著地球兩極之中的
一極

非極端地白晝
則極端地黑夜
賴皮地
繁殖著只屬自己的一群

——〈老膃肭獸〉一九八八年

註釋

①吳濁流，〈漢詩需要革新〉，《台灣文藝》創刊號（一九六四年三月），頁六四——六八。

②陳千武，〈談「笠」的創刊〉，《台灣文藝》一〇二（一九八六年九月）。

③六、七〇年代的當時，現代詩雖然在詩人之間還算有所共識，但在學術界依舊是不被承認的。台灣的現代詩能夠進入大學的教科書中，就我所知，是在一九八〇年由中興大學所編的《大學國文選乙篇》，這是提供給大一學生閱讀的教材，並與另一本以文言爲主的《大學國文選甲篇》配合學習。

④陳千武著名的「新詩的兩個球根」說法見於〈台灣現代詩的演變〉，《自立晚報》副刊（一九八〇年九月二日）。

第八章　再次跨越

曾經只能容許一個顏色的單一大歷史，逐漸褪去了它的色澤，而從底部浮現的，是那些斑駁陸離有待重新賦形的五顏六色。於是人們這才了解，原來台灣、原住民、客家族群、外省族群、婦女、農民、殖民、後殖民……各自都有著它們說不完的故事，也各自有著被跨越與跨越不過的歷史。

而人們這也才發現，台灣原來也有它的文學，更有著一脈相續的文學歷史，而我們這些在「歷史」中曾經年輕過的老人，現在化做了一個個的名字，被寫在文學史頁當中的某個角落。雖然那可能只是一個不起眼的位置，在數不清的歷史書冊中一翻就過，但是，這起碼證明我們曾經活過，並且，與同伴一道築起的文學夢想，也曾經存在過。

只是無論如何，現實生活依舊是殘酷的，生命隨時都可能在人生某個出其不意的轉角，予以致命的一擊。

隨著台灣文學攫取了更多人的關心，各種演講、評審、寫稿的邀約不斷，而獲獎的次數似乎也增多了。但是，仍然擺脫不了生活的重擔。我的退休金在石油危機之後，貶值成一個令人感傷的數目，所以我必須超過體力負荷地到處兼課，工作之餘，還是寫作、閱讀能夠帶給我最大的快樂。

這期間，我與死神數度擦肩而過。腎臟病的宿疾雖然獲得了改善，但是緊接著幾次的胃出血也讓我數度進出醫院，但最嚴重的打擊，還是發生在一九九五年五月的腦血管栓塞，也就是俗稱的中風。

那一次的經驗，讓我感覺到死神的靠近，但是眞的，那過程並不使人害怕，甚至，感覺到的是一種解脫。只是，在那種誘人陷入解脫的舒適感之中，我還是告訴自己，一定要活下去。

那天，我上完課後到市府辦事，然而就在櫃檯前面，覺得四肢癱軟，所有的感官與意識都在逐漸消退，彷彿暗夜裡躺在一團棉花上，所有的意象、情緒、感覺，整個世界就這麼地向後倒退。於是，我用盡身上僅剩的一點點知覺，請周遭的人伸出援手。

然後我跌入那介於死亡與睡眠之間的深谷，那是很安靜很安靜的地方，像是睡在柔軟的草地，幽谷的上方窺伺著一道明月。醒來時，已經是幾天之後的事情了。此時半身癱瘓，語言能力幾乎喪失。於是，開始了漫長的復健，我學著寫字，練習開口說話，多麼諷刺！就在人生接近最後的階段，我必須再度嘗試寫作，努力尋求另一次語言的跨越。雖然，這幾乎已經是生命的極限了，但是只要還活著，就要以生命的極限來努力。

這段期間，我必須要感謝家人的支持，還有許許多多的朋友，像是爲我編寫全集的呂興昌教授的鼓勵與陪伴，長年一起參與文學活動的所有夥伴們，爲我寫傳的康原先生，偶爾來訪並且耐心聽完我支離破碎的語言的青年學子，還有很多很多的人，我由衷的感謝。

而我又開始寫作了，我提起筆，一字一句、緩慢而顫抖地寫下〈我以及我的祖先們〉，我泅泳在啓蒙時代哲學巨擘的思想中，我埋頭寫盧梭（J. J. Rousseau）、寫詩。我的步履艱難而且蹣跚，但至少是不停的。

這是我在大病之後的詩作，我不確定這些詩是否反映了社會的現實，也不在意它們是否寓意深遠，沒有特別的形式雕琢，更不知是否符合評論者們所吶喊的批判霸權，但是我很清楚，這些詩，是我對於生命眞摯的紀錄。

誕生

黏貼在貌狀可慮的
所有濃度最突出的
一切光芒都除去
所有觸覺最耀眼的
一切彩色都除去

一段長久沉默之後
不是快感也不是痛心
不是憂患也不是拯救
一切比喻都來不及比喻
一切象徵都來不及象徵

語言背後的落差
未能激出一些意味來
植物還在萌芽的內側
動物還在出生的內側
世界終於面臨一個早晨

平等心

了解自己生命的，無法頂替的，可愛可貴的，
也了解他人生命的，無法頂替的，可愛的可貴的，
同時，又是超越，又是包涵，又是建構了的，
這無法頂替的也就因此一個不漏地頂替起來。

充滿著個人與超個人，有意識與無意識，
這又是淡泊又是深刻，這又是回向又是發展，
這又是純潔又是熱誠，這又是理智又是神祕，
同時，這又是傳導又是洞察，這又是磁體又是發光。

遍滿天地，超越大小的，永無止境的擴張開來，
都能爲無私無我地存在，都能爲一切存在而存在，
無法頂替的，都能一視同仁的，毫無差別的超越，
無法同質的，都能完全公平的，毫無差別的包涵。

自若

一切都被牽連在裡面的
一切都在密切地關係著
催迫某種可能性
剜出必然的本質

來自逆動力而躍動的
不是隨語言的詮釋
而是語言可以內窺的
背景裡反光但息怒的

一切都可以深長呼吸
一切都可以非常舒泰
解析錯綜以單純化
放下光背裡小丑化

想入睡的一刻

爲著眞切的祈禱
微微觸及
許多的香味

從不消滅的香味
從各種縫隙溜出
在雙掌上
在頭頂上

想入睡的眼前
在乾淨的血色周圍
從許多粉末狀的小珠
輕盈嬌媚的出現在眼前

故里

以村戲的淳樸
回想　一再
以原鄉的感知
回想　一再
以絕景的映照
回想　一再

幼少期　幾百次
聲音靠近古拙的樹枝

幼少期　幾百次
身手敏捷偷偷的爬樹
幼少期　幾百次
心思翱翔鳥瞰的雲雀

故里的色彩　幾千隻
蜻蜓　蝴蝶　金魚
濃濃的鄉音　幾千雙
夏蟬　蟋蟀　鴿子
生態的記憶　幾萬卷
青蛙　水牛　蝙蝠

人的存在

尚未知覺之前已重疊浮起的
無形總比有形更富有內容的

比靠近　還靠近一點吧
比深入　還深入一點吧

因爲我才成爲可能的人的存在
人的存在所以是成爲我的緣故

愛的美學

妊娠於美
讓自然有所發育
讓人類有所創造

性愛詩學
靈肉必然邂逅
共生永不死的後代

爲了創造
逐漸枯萎的周圍
生命團團連綿升起

花之頌

掀開微動不停的風
顫抖揮出陣陣芬芳
馥郁的花卉世界

散開了生命的四方
百彩的華麗之中
綻開黃金的花瓣星雲

在說與未說之間
——悼詩友蕭翔文兄

一如往常　貼近耳邊
在說與未說之間
搜尋字句
在電話的那一邊

一如往常　以不多的語言
梭巡著意義
追逐著思惟
在電話的那一邊

今天　貼近耳邊
顯然累了
就這麼地累了
在電話的那一邊

今天　仍以不多的語言
在說與未說之間
逐漸消失了的聲音
在電話的那一邊

餘震

餘震至今還持續著
不知道如何以語言來表現
報紙上滿滿震災的消息
超越了悲傷的負荷而流下了眼淚

語言再也不是語言
人的心被揉得皺皺的
在虛無當中來來往往
破壞仍然尚未達到盡頭

餘震至今還持續著
不知道如何來祈求上天
沒有任何理由就失去了一切
彷彿本然不存在一般，一切就消失了

空氣緊緊壓迫顫抖的大地
將山脈地層粗魯地撕裂
人的心有如小小螞蟻般悲哀
破壞仍然尚未到達盡頭

兩個阿公

我抓緊齊腰高度的欄杆
屈伸一下那老朽的雙膝
做著復健的運動

比欄杆還要矮的小女孩
東倒西歪不穩地靠過來

覺得很新奇地仰望著
逗人喜歡地微笑

小女孩拚命地揮著手
向遠方——對小女孩是遠的
叫喊著「阿公！快快來這裡！」

然後向著我　把我
用稚嫩的聲音也叫了「阿公！」
兩個阿公不由得互看了一下

不認識的兩個阿公
臉上因此帶著笑容
一人抱緊了她一人則拍撫了她

最後，請容我在這裡表達我對文壇先進以及伴我共同參與過文學活動的夥伴們的謝意，你們讓我在詩的創作與文學的活動上受益良多，同時也要獻上我對凋零的摯友們——詹冰、葉笛、蕭翔文、柯旗化、熊秉明以及林燿德等等諸位先生——無盡的思念。

附記

如〈自序〉所述，本書的構成，基本上是根據林亨泰先生所發表的文章、未發表的日文手稿以及與筆者所進行的訪談內容，並參考相關書籍所重新整理而成。

其中，在林亨泰先生所曾發表過的文章方面，各章參考來源如下：

第一章：〈我們以及我們的祖先們（上）〉（《台灣文學評論》二卷三期，二〇〇二年七月，頁一七七—二〇〇）；〈我們以及我們的祖先們（下）〉（《台灣文學評論》二卷四期，二〇〇二年十月，頁一七二—一八八）；〈我的尋根之旅的一個嘗試〉（《台灣文學評論》三卷一期，二〇〇三年一月，頁一七一—一七六）

第二章：〈我們以及我們的祖先們（下）〉（同前）；〈日本殖民地之下的大正經驗（一）〉（《台灣文學評論》四卷四期，二〇〇四年十月，頁二六一—二六七）；〈日本殖民地之下的大正經驗（二）〉（《台灣文學評論》五卷一期，二〇〇五年一月，頁二一七—二二九）；〈日本殖民地之下的大正經驗（三）〉（《台灣文學評論》五卷二期，二〇〇五年三月，頁二四六—二五二）；〈詩的三十年〉（呂興昌編，《林亨泰全集六》，彰化：文化中心，一九九八年，頁二—一六）

第三章：〈太平洋戰爭的最後一年〉（《台灣文學評論》二卷二期，二〇〇二年四月，頁一九〇—一九六）

第四章：〈銀鈴會文學觀點的探討〉、〈銀鈴會與四六學運〉、〈跨越語言一代的詩人們——從「銀鈴會」談起〉（林亨泰主編，《台灣詩史「銀鈴會」論文集》，彰化：磺溪文化學會，一九九五年，頁三三—八〇）

第五章：〈從我的第一本詩集說起：日文詩集《靈魂の產聲》的出版經緯〉（《台灣文學評論》二卷一期，二〇〇二年一月，頁四六—五五）

第六章：〈新詩的再革命〉（《林亨泰全集五》，頁二—二九）；〈現代派運動與我〉（同前，頁一四三—一五三）；〈《現代詩》季刊與現代主義〉（同前，頁一五四—一七五）

第七章：〈笠的回顧與展望〉（《林亨泰全集七》，頁一二七—一三四）

〔附錄二〕

想像「現代詩」

——以林亨泰五〇年代的「現代主義」建構為例

我們非獲得中文寫作的能力不可，我們來日方長，文學之前的東西——中文——我們非精通不可。必須再做一次語言的苦鬥！語言上我們也必須贏得時間性與空間性的勝利，而再獲取另一個表現的世界。

——林亨泰（1949:36）①

對於「名詞」，甚至附有洋文的所謂「術語」也罷，如果只懂得「字義」而已，這仍然無足以言談詩的。關於詩的討論，如果只是由你拿出一張上面記了什麼「名詞」的牌子打過來，或者只是由我抽出一張上面寫了什麼「名詞」的牌子打過去，如果討論的範圍這樣止於「名詞」（或說「術語」）的「字義」而已，那麼，我想：異邦的一些大都市如巴黎、倫敦、紐約、東京等地的書局小店員，恐怕比我們強得多了。

——林亨泰（1963:2）

一、台灣現代主義的論述難題

在面對台灣的現代主義文學現象時，我們似乎可以相對比較容易指出，哪些詩人或作家是屬於現代主義的創作群，但卻很難釐清楚究竟什麼是現代主義。也正是這樣的原故，當我們個別深入探討台灣所謂的現代主義詩人或作家的作品時，對於究竟是什麼特質或元素，足以讓我們來斷言其「現代主義」的身分，則不免令人感覺困惑躊躇。

而造成這種現象的原因，也許正與台灣現代主義的某些特性有所關聯，首先，早期台灣的現代主義是以「橫的移植」的姿態進入文學藝術的場域，換句話說，現代主義並不是、也無法在台灣固有的文學藝術「傳統」中自然生成。其二，現代主義在傳播上乃是帶有著一種集團的性格，如三〇年代的《風車》詩社、一九五六年推動現代派運動的《現代詩》成員、一九五九年在改版之後的《創世紀》詩人群，以及以台大外文系爲主體的《現代文學》等等。這些文學集團大都有著宣示性的文學行動綱領，他們發行自己的雜誌，也因此造成了一股磁場，如此一來，不但容易吸引理念相近的作家，並且在相互影響下，形成風格或美學上的類聚性。其三，是前兩項因素的綜合，亦即，各個詩人或作家對於這外來文藝思潮的自覺性。也就是說，既然現代主義並不是從台灣的文藝「傳統」中自然生成，因此現代主義的形跡並不會「自然而然」地出現在創作的過程中，而是作家們（於不同程度上）在各種翻譯的「主義」或「名詞」的自覺影響下，援引並融合他們所認知的現代主義概念和技巧，來進行文藝的創作。

這些特點使得研究者在探究台灣的現代主義時，可以根據各個文學磁場、作家個人的文學理念、自我宣稱或所屬集團，來「辨認」其現代主義作家的身分。所以，從《風車》詩社中，我們可以循線找到楊熾昌與林修二的超現實主義，《現代詩》中紀弦的象徵主義、林亨泰的未來派，《創世紀》成員瘂弦與洛夫探索內心世界的超現實，以及《現代文學》表現疏離、焦慮、自我放逐的白先勇、王文興、歐陽子、陳若曦等等小說家。循著這些線索的延伸擴展，一個現代主義的台灣版圖似乎是隱然可見了。

但是，當我們將視線轉移到：什麼是台灣的現代主義？在怎樣的基礎下，我們可以將之統括在同一個現代主義的名稱底下？由這些詩人或作家們所建立起來的台灣現代主義的實質內涵究竟爲何？等等問題的時候，就顯得千頭萬緒起來了。台灣的現代主義之所以難以掌握，主要是源於「現代主義」一詞根本就是一個外來的詞彙，是一個透過翻譯而引介到台灣的詞語，不但如此，它還是透過不同語言——諸如日、英、法、德語等等——從不同的管道、不同的時期，以及在不同的政治、社會背景、相異的文學對抗前提下，被引介到台灣。因此，關於什麼是「現代主義」，恐怕即使是對於那些曾經置身於歷史現場的所謂現代主義詩人或作家們而言，也都未必有著一致的認知或共識。更何況，「現代主義」不但是一個後設的詞語，就算是在它的發源地歐洲，本身就是一個內容涵蓋甚廣、定義歧異的概括性名詞。即使同在「西方」文化圈內，巴黎與柏林、莫斯科或哥本哈根所展現的現代主義風貌，是大不相同的，而紐約與位於亞洲的東京甚至是台南的「現代主義」，也是各有各的風情和曲調。作爲一種以全球爲規模而流動的文學藝術現象，現代主義的駁雜性恐怕是在愈晚出現，或是離「西方中心」愈「邊陲」的地方，愈是更加明顯，更何況，台灣向來就是一個因歷史、政治、地理諸多因素，而不斷衝擊著多股文化勢力的地方，在這裡出現的現代主義，恐怕是很難以僅僅幾個簡單的指標或說法所能夠掌握的。

然而，在台灣發展的這股應該是萬般複雜的現代主義文藝思潮，在後來的論者那裡卻往往以一種相當化約的方式呈現。這緣於現代主義最早既然是以「橫的移植」的面貌出現在台灣，而非在「傳統」的脈絡下自然生成，因此，當論者在面對台灣現代主義時，最常引用的策略恐怕也就是葉維廉所不以爲然的：「用討論西方現代主義得來的一些指標（markers）作準，來衡量、訂定在東方文化出現的現代主義作品。」（葉維廉 1998:2）也的確，一般在提到現代主義時，如技巧方面大抵是意識流、拼貼、語意的斷裂；而現代主義的內容特質，也不外是疏離、焦慮、逃避現實、無根放逐或去政治化等等，而這些形式或內容上的「指標」，幾乎可以說是已經成了一種固定的標籤，甚少受到質疑或挑戰，進而成爲判斷現代主義「身分」的基準。

誠然，台灣現代主義典範概念的形成之所以有著揮之不去的「西方」身影，究其原因，除了源自論者多是以西方現代主義爲討論的主要參考座標之外，當然更是與台灣現代主義創作者們對於自身之「乞靈於西方」的明白宣示大有關聯。台灣的現代主義創作群大都曾透過刊物媒介直接或間接昭告讀者，謂其創作的出發點不但是要向「西方」看齊，並且「西方」的文學脈絡亦是他們所力圖繼承的對象。②然而這種透過宣示的「西方」身分，卻也在後來的鄉土論戰中成爲批判的對象，尤其自七〇年代初期以來，由於外交的受挫以及台灣社會內部政治、經濟的變革，更是觸發了人們以民族、國家與社會整體爲單位來思考文學的議題，因此，現代主義這種帶有濃厚「西方」與個人主義色彩的文學，在當時國家與民族的大敘述底下，便與鄉土文學呈現一種相剋卻又相生的關係——儘管鄉土論述的批判矛頭指向現代主義，但也因爲早期鄉土文學論述的成立主要是透過對於現代主義文學的反省，因此在很大的程度上還是經由了「西方」或「帝國主義」這個他者而獲得自身立論與建構的基礎。③於是，現代主義便在當時的氣氛中，以內／外、傳統／外來的方式，與寫實主義相互對峙，成爲論述的兩極，④而這種對峙的觀點也在後起的本土或後殖民論述中獲得進一步的闡述。

因而在台灣現代主義的各種討論中，「西方」依舊是縈繞在正、反見解的兩邊陰魂不散的幽靈，其出沒的方式，首先，由於它的「權勢者西方」與「現代化」的印記，使得台灣的現代主義儼然以「高級的」、「進步的」姿態，將自己放置在相較於「本土」更爲優勢的地位上；但是在另一方面，卻也在「西方／台灣」這個不對等的文化權力位階關係中，被視爲是「落後的」或「亞流的」，而被擺在相較於「西方」的劣勢位置。可以說，台灣現代主義典範概念的建構，是不斷在這兩股勢力的拉扯之間，逐漸獲得自身的形貌。

於是，這意味的是，台灣現代主義在典範概念的建構過程中，「西方」成了觀看的絕對參照點，而這也使得一連串的問題無法避免地在「西方」的論述框架中自我增生，諸如現代主義的時間問題、發生的物質背景，以及它的表達策略等等，「西方」作爲台灣現代主義的比較基準向來是如影隨形。所以，在時間的討論上，台灣勢必永遠有著落後於西方的焦慮。而在發生的物質基礎上，由於一般的說法是認爲西方現代主義是產生於資本主義社會之中，所以，台灣的現代主義便存在兩種可能：如果台灣還未達到西方所謂之成熟的資本主義社會的發展標準，那麼，台灣的現代主義必然是「純粹的文化菁英分子的前衛藝術運動」（張誦聖 2001:8），或是「既是遲到的，也是早熟的」（陳芳明 2003:1）；但是如果台灣在當時已達成熟的資本主義社會發展標準，那麼，台灣的現代主義即有可能是「西方」（美援、西方帝國主義資本主義社會）依賴發展下的一個「邊陲範型」（蕭新煌 1989:196-97）。也因而在如此的論述框架底下，不管台灣的物質基礎或文學的發展脈絡究竟爲何，論者們所看到的台灣現代主義，總不免是從「西方」這個平滑的參照鏡面所折射出來的映照物，「西方」無形中成了台灣現代主義論述所無法跳脫的理論限制。換句話說，「西方」的魅影是現代主義打從進入台灣那一刻開始，便無法擺脫的宿命。

而造成這種持續複製「西方」觀點的論述困境，正是源自酒井直樹所指陳之「西方發光體」的想像。酒井指出，「西方」向來被看成是地理上遠離亞洲的統一體，而這個統一體被視爲猶如發光體一般具有向外照射與擴張的能耐，因而作爲歷史運動的現代性，也循著這種發光的原理而被想像成是一個向外照射和擴展的過程（酒井直樹2005:131-32），同時，這種不可逆反的「發光體」想像，也將文化的流動看成是從「西方」流向「其他地方」的結構，也因此在如此的結構之下，「西方」所代表的是絕對握有影響力、具有改變能力的一方；相對的，「其他地方」卻只能永遠是被動的接受者。但是，酒井質疑，現代性豈是僅以單一原因、過程或地方所能解釋的？因此他進一步將「接觸」與「翻譯」所可能產生的社會關係，帶進思考現代性的視野之中：

> 只有在無視於地域、文化、社會距離的情況下，多個地區的人物、工業、政治有機會互相接觸，現代性才會產生。所以現代性一定要與翻譯同時考慮。在這角度來看，現代性首先是人們將多種文化距離轉化，讓互相溝通變得可能的狀態。（133）

也的確在這種西方發光體的想像中，光的穿透性幻象被賦予過多的信任，反而忽略它在不同介面中所可能折射出的類似於像差（aberration）與色差（chromatic aberration）的現象。因此，亦如劉禾（Lydia H. Liu）在《跨語際實踐》中爲我們所揭示的，文化如何脫離原來的環境而在另一個社會脈絡中進行新的變異與創造？進而，在異文化的接觸、匯集與翻譯轉化的過程中，主體的位置究竟爲何？而這作爲異文化交會點的主體究竟如何投射自己的困境、欲望，從而改寫外來的思潮影響？等等的問題也應該是値得進一步思索的面向（Liu,1995: xv-xx; 1-42）。因而，若以台灣文學的研究爲例，這個在接受者眼中儘管是源自「西方」的現代主義，在經過了輾轉的旅行，透過了不同接受者的轉譯、甚至是根據自身所處之不同位置而有意或無意的誤讀與挪用，甚至是寄生在不同語言文字結構中而傳播開來的結果，其所具體展示出來的現代主義實踐，其實已然成爲一種既是「面目全非」同時也是「重新創造」的產物了。更何況，當初從「西方」所四散傳播開來的現代主義本身，也因其帝國的擴張背景，而早已羼雜了各種異文化的交會，因而「西方」如何能夠作爲現代主義本源性母體，進而成爲觀照台灣現代主義的絕對座標軸，在方法上亦是有待商榷的。

也因此我們要問，長久以來在「西方」的框架下——換個角度也可以說，正是拜「西方」這個框架之賜——（得以）將台灣現代主義視爲一個具有固定、普遍有效意義的同質性美學集團而進行論述的結果，是否容易讓我們忽略了各個詩人或作家在「現代主義的實踐」上所呈現的差異？亦即，儘管同樣是接受了「西方現代主義」爲影響來源的台灣詩人或作家，由於他們所身處的文化場域位置與歷史條件不同，必然使得這些詩人或作家在遭遇西方現代主義時，反身從其文化場域位置與歷史條件所能提供給他／她的「工具」或「材料」來選擇、切割、重組，並進而創造發明一種截然不同的現代主義。也因此在前述的問題意識底下，本文嘗試以單一的創作者爲探討現代主義的切入點，而以跨語言詩人林亨泰爲考察對象，並將討論的焦點置於詩人在五〇年代中期於《現代詩》的活動情形。而之所以將林亨泰引爲本文的考察對象，除了緣於他在現代派運動中所佔據的特殊位置之外，其以「跨語言」同時也是「跨文化」的方式，躋身五〇年代現代詩的創作場域，無疑可以幫助吾人觀察各種異文化如何在作爲主體的詩人中進行匯流與角力的競逐，並循其跨語的軌跡，也能夠提供我們對於五〇年代的現代詩及現代主義的建構過程的一個側面性的了解。⑤

二、現代主義與詩人的跨語言實踐

林亨泰生於一九二四年，是屬於他所自稱的「跨越語言的一代」，但是其在語言上所必須進行的跨越，並非源於美學或智識上的自由選擇，而是來自於國家力量的強制。戰後的林亨泰在一九四七年加入了文學團體「銀鈴會」，之後正式開始了創作的生涯，當時的作品主要是發表在銀鈴會的同仁雜誌《潮流》以及新生報的《橋》副刊。他於這段期間內的創作大都是以日文書寫，或是從日文翻譯成中文的方式發表作品，「眞正」的中文作品僅僅是少數。⑥林亨泰在銀鈴會時期所呈現的風格，明顯受到指導者楊逵的影響而帶有濃厚的左派色彩，詩中的主題不乏各色各樣的社會底層人物，不但顯露了對於弱勢者的人道關切，並且對於原住民文化也有著烏托邦式的嚮往。⑦他曾在一九四七年二二八事件後不久，寫下了反抗意味鮮明的作品〈群眾〉：「青苔／看透一切地／坐在石頭上久矣／從雨滴／吸吮營養之糧　久矣／在陽光不到的陰影裡／綠色的圖案／從闇秘的生活中　偷偷製造著／成千上萬無窮無盡／把護城河著色／把城門包圍把牆壁攀登／把兵營甍瓦覆沒／青苔　終於燃燒起來」（1998b:90-91）。

然而隨著政治的影響籠罩台灣文壇，同時也在六四事件的陰影下，銀鈴會於一九四九年之後形同解體，成員四散，有的潛逃大陸，更不幸的被捕入獄（林亨泰1995:65-71），而其他在這次恐怖波潮席捲後還能全身而退的成員，也大抵因爲語言跨越的障礙以及對於政治的恐懼，而選擇了沉默，林亨泰也因此停筆了有六年之久。而使得林亨泰再度提筆創作的契機，是在一九五四年的某一天，當他逛書店的時候，偶然發現了紀弦所主編的《現代詩》季刊，這才使他終於又找到了某種新的可能，並且

「重新燃燒起寫作的欲念來了」（1998c:144）。但是，當林亨泰面對這樣一本打著「現代詩」爲名號的刊物時，他所謂的「可能性」究竟是什麼?林亨泰在〈現代派運動與我〉一文中提到當時的情形：

> 當我第一次接觸並完全了解到《現代詩》季刊風格時，我腦中突然並且快速地重新浮現出，中學時代曾經「亂讀」過那些錯綜複雜但相當有趣的各種派別前衛作品的影像，於是，我知道我該寫些什麼樣的詩作品了。（1998c:145）
>
> 那麼，在面對《現代詩》季刊我又能扮演怎麼樣的一種角色?我開始在我的藏書中尋找這方面的資料，立刻找到的是神原泰的著作《未來派研究》（一九二五年）與集各種前衛文學影響於一身的萩原恭次郎的一些詩作品。（145-46）

也就是說，當林亨泰在面對一本標榜著「現代」的刊物時，他的反應，首先是轉身朝向他的「過去」，他打開屬於日治時期的那段記憶，以及在當時所蒐集而來的日文書籍。於是，他找到的是那些曾經「亂讀」過的、包括未來派在內的前衛作品，其中當然是混雜了透過日語轉譯的有關西方前衛運動的介紹，還有以日文爲實踐媒介的前衛作品。所以，當面對「現代」的概念並開始思索他自己在其中所可能扮演的實踐角色時，詩人所找到的，是經過了時間與空間壓縮的現代主義綜合體。

「現代詩」這個在晚近已經是十分普遍的用語，在五〇年代中期仍然是一個新穎的詞彙，即使紀弦當初在一九五三年以「現代詩」來爲他的詩刊命名時，「現代詩」這個名稱在台灣詩壇仍未取得固定的、普遍性的用法。⑧而即使到了推動現代派運動的一九五六年二月（《現代詩》第十三期），紀弦在他所撰寫的〈現代派的信條〉（封面）及〈現代派信條釋義〉（1956a:4）當中，亦是以「新詩」來稱呼他心目中所構思的理想新詩類型，而在行文之間完全沒有出現任何「現代詩」的詞彙。同樣的，與《現代詩》同時出現的其他較具代表性的詩刊，諸如《藍星》與《創世紀》，也多是沿襲五四以來的「新詩」稱呼。⑨當然，「新詩」這個名稱是必須針對「舊詩」，才能成就其存在的意義，也因此，從新與舊的對比名詞中我們不難看出，在五〇年代中期之前，「新詩」所欲進行的對話與對抗目標，主要仍是中國傳統的舊詩，因而其最大的關懷與挑戰，也不外乎是如何與舊詩分道揚鑣並拓展出自己的道路。

所以，當林亨泰在書店偶然邂逅《現代詩》這份刊物時，「現代詩」這個名稱尚未在台灣詩壇中取得明確或合法的地位，而這同時也意味著，「現代詩」這個包括了「現代」與「詩」的中國語彙，依舊是一個在內容上有待塡補的話語空間，因此也充滿著各種想像與創造的可能。不過，「現代詩」這個語彙對於以日文爲主要閱讀工具的林亨泰來說，卻已然有了一個相與對應的內涵。這緣於，同樣是「現代詩」這三個漢字所構成的語彙，已於戰前的日本文學脈絡中取得了一定的位置，其所指涉的具體範疇，大抵是指第一次世界大戰後崛起於日本詩壇的一股新動向，也就是在西潮影響下所推展開來的諸如未來派、達達派、新精神、超現實主義、表現主義等等文藝運動（山本捨三 1975:2；陳明台 1990:17-21），因此，（日文意義脈絡中的）「現代主義詩」（モダニズム詩）⑩的崛起，是標誌了日本從「近代詩」跨入「現代詩」的分水嶺，根據日本學者澤正宏的看法，日本現代主義大約始於一九二〇年。若從較具代表性的詩歌運動來看，日本現代主義的前半期是前衛詩的時代，而後半則是「新精神」（エスプリ・ヌーヴォー）的全盛時期（澤正宏 1994:525-26）。⑪也因此，一種由名詞所帶來的歷史弔詭是，儘管「現代詩」一詞在五〇年代中期的台灣仍不具有明確的意涵，但我們卻已然可以在更早的三〇年代如楊熾昌等台灣詩人的論述中，看見有關「現代詩」的想像與討論。於是，當紀弦以較大範疇的「我們是有所揚棄並發揚光大地包容了自波特萊爾以降一切新興詩派之精神與要素的現代派之一群」（〈現代派的信條〉第一條），來想像他的現代派與現代詩的時候，對林亨泰來說，波特萊爾則是屬於「近代詩」的範疇，因此他傾向於有所區隔地將未來主義等的前衛派作爲他「現代詩」的實驗起點。

不過，令人好奇的到底還是，林亨泰對於前衛詩的接觸明顯是從高中時代便已經開始，但何以前衛詩的語言與形式實驗卻不曾在銀鈴會時期留下任何明顯的足跡，而是必須等到他邂逅了一本叫做「現代詩」的刊物之後，才讓他開始思索「現代詩」是什麼，及其可能的實踐又是什麼？還有，爲何在思考「現代詩可以是什麼」之際，他所找到的是包括了未來派在內的前衛作品而不是其他？誠然，這裡所凸顯的，除了是台灣現代主義的翻譯性格之外，極端一點來說，也揭示了台灣的現代詩或現代主義在各個詩人或作家那裡的緣起，多少是帶有著一種偶然、任意並且充滿各種變異的特質。但是這種現象並非台灣的專屬，類似的情形即使在歐洲也是不遑多讓的。根據現代主義研究的重要論著《現代主義》（*Modernism*）的作者布雷德伯里（Malcolm Bradbury）與麥克法蘭（James McFarlane）描述，作爲文學運動的現代主義，在世紀之初的歐洲以目不暇給的姿態跨越文化邊界：「在現代主義的時代中，知識的通行以前所未見的速度往來於國家之間，但是，名詞本身跨越疆界的速度，卻往往比它所內含的哲學或技術還要更快」（*Modernism*, 200）。亦即，當時透過日新月異的傳播技術以及數量驚人的翻譯，各種新興的流派與文學運動可以快速地跨越不同語言，並在標誌語言邊界的國境之間穿梭旅行，而對於新興藝術的熱切渴望，也使得文化在國際之間頻繁交流，那種佔爲己有的轉借也空前盛行（201）。當中，尤其是「名詞」似乎是比起概念更能夠輕巧地遷徙，只是名詞先行的現象，卻也造成了同一個名詞底下的概念往往是參差不齊的情形，也因此，《現代主義》的作者特別指出，這些新興藝術與各種文藝運動的「名稱，並非風格的最終指南」（198）。如此的情形在歐洲尚且如此，遑論繞過地球大半圈之後的台灣。

於是，在這裡我們要問的是，詩人在面對「現代」或「現代詩」這些詞彙的召喚時，他如何從身處的場域位置與歷史脈絡來折射出他的呼應與想像？值得注意的是，林亨泰的「現代詩」實踐，正是和他的「跨越語言」嘗試同時並進的，在面對「現代詩」的召喚時，林亨泰的「跨語言」情境成了那一面凹凸不平、既使他感到焦慮困惑卻也暗藏轉機的鏡子。對於已屆成年之齡、復又必須重新學習另一種語言、卻又不甘放棄寫作的詩人或作家來說，文學的追求無疑是一條坎坷的漫長路途。林亨泰在一九四九年所發下的豪語：「語言上我們也必須贏得時間性與空間性的勝利，而再獲取另一個表現的世界。」說來雖是一派展望未來的語調，但這句話也正道出了跨語言作家們在語言上俱失「空間性」與「時間性」的窘境。而這種因歷史的轉折所造成的語言縫隙，竟與威廉斯（Raymond Williams）所描述的西方前衛運動的語言情境如此類似，他在一篇有關語言與前衛派的文章中指出，當時參與前衛運動的成員多數是帝國都會的移民，是都會的異鄉人，於是，「語言在這樣的情況下，便呈顯爲一種新的事實：如果不是成為一種中介、美學或工具——既然語言中那因長久的社會安頓而歸化的連續性是不存在的，便是一種帶有距離的、甚至是異己的事實。」（Williams, 1989:78）。而儘管語言在這些背景各異的前衛派成員那裡各自帶著不同的社會與歷史印跡，但相似的情況是：「一方面，舊的語言或是被壓抑、邊緣化、甚至完全被丟諸腦後，而主導語言（dominant language）如果不是為了新的語言效果而與從屬語言互動，便是以新的方式被當作是可塑或任意的，一個異己但卻可以接近的系統」（78），而這正是前衛運動在語言實驗上的一個相當重要的背景因素。

在林亨泰的例子當中，縱使他並非由於遷徙而造成語言上的斷裂，然而因為國家的強勢介入而必須面對語言的陌生感，卻是與威廉斯所描述的情形是如出一轍的。於是，林亨泰在語言上所失去的「時間性」（文化記憶、歷史的連續性）與「空間性」（可以分享並散布的溝通性、社會性或美感共鳴），也正使得林亨泰企圖從前衛的語言實驗中找到跨語創作上的策略結盟的可能性。亦即，當他面對一個由國家所強力投擲過來的新的主導語言——中文——時，其難以穿透的異物性，使得這位跨語詩人一時還難以將之「內化」成足以承載傳統厚度的、可以普遍分享的「民族」語言，⑫但是反過來說，也正是其難以穿透的異物性格，倒也使得詩人在面對語言時，可以相對不受其所負載的歷史與意識形態——或說「時間性」與「空間性」——的拘束，而將注意力轉移到語言本身，以「語言異鄉人」的姿態將語言從過多的感性負載中剝離，並將之轉化爲類似於物質材料（material）般的存在，一種能夠以另類的方式拿來把玩、形塑的媒材。而這新的語言素材（中文），也誠如威廉斯所提到的，往往與舊有的從屬語言（日文、甚至是台語）交織互動，並發展出新的語言效果。

這也足以說明爲什麼當林亨泰在沉潛了數年之後所再度展開的文學實踐，明顯是集中在語言形式上的實驗，而實驗的具體展現，則是包括了一系列的符號詩與圖像詩，如〈第二十圖〉是刊登在《現代詩》十四期的作品（1956b:46）：

機械類的時代
充滿著
易於動怒的電氣
＋＋＋＋＋＋
－－－－－－
笨重的「世界文化史」
在第二十圖上的原料
已有美麗的配合了

在「」之内
電燈
是夜之書上的
，。，。

這首詩無疑投射了林亨泰對於「現代」與「詩」的想像，首先，他將世界文化的進程比喻成一張接著一張的圖像，因此二十世紀便是第二十張圖。在這第二十世紀的圖景中，充滿的是機械、電氣與工業原料的意象，而科技的進化，也爲亙古以來的黑夜帶來了光明的可能。這首詩明確地描繪了詩人的現代進化觀點，並連結科技的意象於美感的呈現。因此林亨泰對於「現代性」的想像也包括了對於科技現象的密切關注，[13]另外值得注意的是，林亨泰除了將文化進程的概念導向以視覺方式來表達（以圖像比喻時間進化）之外，在詩的語言方面也進行了許多新的嘗試。例如，他將一般書寫中僅僅處於邊緣、附屬位置的數學與標點符號，提升至擁有獨立性格、且與文字同等價値的地位，甚至是超越文字意義所能承載的限制，而令之擔負起意義與形象的傳達功能。如詩中將「夜」比喻成「書」，而標點符號的「，。，。」就像是夜裡燃亮的燈火，不僅如此，這些「，。，。」更是來自於「＋＋＋」與「－－－」（「正電」與「負電」）的美麗配合。如此一來，把原本必須以一連串精確或美麗的字詞來堆疊出的「萬家燈火」或「動態的人工城市夜景」意象，就這麼以幾個標點符號生動而諧趣地表達了出來。

這首讚美科技現象的詩作，無疑是透過未來派的實踐結果。未來派的創始者，也是義大利人的馬里內蒂，於一九〇九年二月在法國《費加洛報》（*Le Figaro*）以法文頭條刊登〈未來派創立與宣言〉（Fondation et Manifeste Futurisme），宣告了未來派的正式成立。這種將藝術活動當作是一則社會「事件」，並借助大眾媒體來傳播訊息的創舉，果然使得未來派的理念迅速地擴展到世界各處（塚原史1994:52-79），日本也在兩個月之後，由知名作家森鷗外將之翻譯成日文的〈未來派創立宣言〉，並刊登於文藝雜誌《斯巴璐》（スバル）（一九〇九年五月）。但森鷗外的翻譯並不是唯一的版本，截至一九二四年神原泰的〈未來派宣言書〉問世爲止，藝文界至少出現過五種不同的日文版本，足見日本對於未來派運動的高度關心（千葉宣一 1977:43）。也因此，三〇年代的楊熾昌已對於未來派多所著墨，並給予相當高的評價（楊熾昌1995c:167-

75），只是他未曾將未來派的實驗帶進自己的作品當中，直到戰後才有林亨泰的進一步嘗試。而林亨泰所看到的未來派是：

> 未來派是二十世紀初由義大利詩人馬里內蒂所創始，曾在米蘭、巴黎、莫斯科三地幾乎同時發起的一種藝術運動。提倡快速美，並從永久運動的視點出發，認爲時、空的同時存在的一元表現是可能的，也極力讚美著機械的力動美與噪音等。尤其我特別感到興趣的是「自由語」的創造與運用，諸如不同字體（約二十種）、大小不同字號、不同顏色（用了三、四種之多）、擬聲詞（噪音等模仿）、數學記號（×＋＝－＜＞等）、數字感覺、樂譜、歪斜顚倒字形、自由順序等，簡單地說就是印刷技巧的運用。法國詩人阿保里奈爾的立體派作品也是屬於這一項實驗。（1998c:146）

看得出來林亨泰對於未來派的關注主要是集中在語言，尤其是自由語（parole in liberta）所企圖的詞語自由。馬里內蒂的未來派主張是十分激進的，如他在第一次的宣言中所揭櫫的十一條綱領中，除了大力讚美速度、機械、工業之美與夜晚的燈火輝煌之外，更倡言：「我們要歌頌戰爭——清潔世界的唯一手段，我們要讚美軍國主義、愛國主義、無政府主義者的破壞行爲〔……〕我們稱讚一切蔑視婦女的言行」、「我們要摧毀一切博物館、圖書館和科學院，向道德主義、女權主義以及一切卑鄙的機會主義者和實用主義者的思想開戰」（馬里內蒂1990a:44-50），而馬里內蒂的這些激進宣稱，對當時的共產黨員、法西斯分子，甚至是工人階級卻是有著巨大的魅力，一時間吸引追隨者頗眾。但是這種激進的言行在台灣那充滿政治肅殺之氣的五〇年代，則是斷不可行的，林亨泰對於未來派的援引，因而是另一種迂迴隱晦、不直接訴諸政治的激進企圖。而較爲明顯可見的，是我們可以從林亨泰的有關未來派的實驗中看出，詩人從中所欲尋求的是「詩的現代性」——其中包括了現代詩之所以是現代詩的形式追求，以及詩中所呈顯的現代生活世界，也因此，他從馬里內蒂激進的言論中，看到的是對於語言形式的翻轉以及現代生活世界的各種意象。

若我們將林亨泰的前衛實驗對照以五〇年代官方在文學和語言上所進行的機構性介入，便不難了解他爲何將語言實驗作爲創作的主要關懷。一般台灣文學史的劃分，通常是將五〇年代視爲反共文學大行其道的年代，而反共文學成立的背後所不可忽略的，當然是國家體制的積極涉入，由官方直接或間接推動的藝文事件有：一九五〇年中華文藝獎金委員會以及中國文藝協會的成立；一九五三年蔣中正完成《民生主義育樂兩篇補述》；一九五四年立法院院長暨文獎會主委張道藩發表〈三民主義文藝論〉、⑭中國文藝協會成立「文化清潔運動促進會」、一九五五年蔣中正提倡「戰鬥文藝」等等。這意味的是官方有意透過國家機構的力量，來左右文學的價值標準與發展方向，而縱使所謂廣義的「反共文學」或「抗戰小說」可能更還包括了一種「集體療傷」的面向，或就女性書寫的角度觀之，亦不乏足可稱為「女性成長小說」的類型（邱貴芬2003:223-34），但是就語言角度來看，反共文學也可能是官方試圖透過文學版圖，來建立以「國語」作為書寫標準依據的可能，並藉由提升「國語」書寫所生產之敘述風格的優越性，進一步鞏固官方語言作為「語言共同體」（linguistic community）的勢力。

法國社會學家布爾迪厄（Pierre Bourdieu）在論及官方語言（official language）時指出，官方語言是由具有寫作權威的作家所創造，並由文法家與負責灌輸其優越性的教師們所定型、密碼化的（Bourdieu, 1991:44-46）。換句話說，光是靠官方政令或政策來推動，還不足以確立官方語言的優勢地位，更進一步的作法，是製造一種標準的、美的或好的書寫風格，凝聚一種語言的標準腔調，使得社會大眾都能自然而然地以此為鑑、奉此為尊。而這也可以有效解釋，何以五〇年代的女性書寫可以是如此傑出，無論她們是在民族大敘述底下進行寫作，或是專注於個人處境與時代互動的描寫，其對文字語言的塑造仍然是有助於國家語言標準化、密碼化的大方向，尤其是女性作家們在文字上的細膩經營，對於以「國語」爲主要書寫標準的鍛鑄與精緻化，可以說是提供了一種更容易親近、可堪模仿的典範。相對的，林亨泰在這塊由官方、作家與學校教育所編織起來的語言交換市場，及其所建立起來的文化價值網絡中，若要比起女性作家，則根本是處於絕對劣勢與不堪的位置。於是，現代主義或前衛所主張的革命性與破壞性，倒是提供詩人一個翻轉語言劣勢的可能。林亨泰曾在《笠詩刊》第五期（一九六五年二月）的〈笠下影〉中，評論錦連五〇年代的詩作品，他說：

> 如果以善於駕馭文字的優點可以寫詩，那麼相反地，利用拙於造詞砌字的缺點當然也可以寫詩，尤其對於那些因歷史的重寫，而必須重新學習一種文字表現的人，這種方法就成爲其唯一的出路了。可是碰巧的是，二十世紀是所謂「惡文的世紀」，就是說，「優美性」成爲其短處，而「拙劣性」卻成爲其長處了……錦連就是在這樣能失去的都已失去，只剩下極有限的極少數語彙的狀態之中，不是憑著其過剩，而是憑著其不足來寫詩的一個人。（1998f:109）

這段話指的雖然是同爲跨語言作家錦連的五〇年代作品，但更是林亨泰自身的絕佳寫照。對於林亨泰跨語實踐的可能性，布爾迪厄對於文學場域精闢的分析倒是值得引爲觀照。布爾迪厄在不同的著作中，花費相當多的篇幅論述法國文學場域的變遷，他尤其是將焦點集中於福樓拜（Gustave Flaubert）與波特萊爾——同時也是廣義現代主義萌生——的時代，來探討文學場域機制的動態構成。他指出，十九世紀中葉隨著市場機制的日趨成熟，使得文學藝術不時處在出版社、劇場經理、藝術商人或銷售數字的壓力之下，但也正是在藝術成爲商品的趨勢中，爲「藝術的純理論」（作爲藝術的藝術）提供了滋生的土壤。許多文學家與藝術家們開始拒絕布爾喬亞式的美學，並藉由強調作品獨一無二的創造性，來否定藝術作品「可交換」的商業價值，並將自身與一般大眾區隔，也因此拒絕了普通讀者的閱讀期待（Bourdieu, 1993:112-20）。而福樓拜與波特萊爾的「爲藝術而藝術」的主張，也正是藉由否定商品買賣的市場邏輯，而將藝術推向一個純粹的空間，這樣一來雖然造成經濟上暫時的無所回報，卻無形中提高了文學的純粹與自主，同時也提高了它的文化資本，於是，一個擁有自身特殊運作邏輯的文學場域便由此形成。布爾迪厄指出，這樣的文學場域是一個「顚倒的經濟世界」（164），它的邏輯則是一種「輸者爲贏」（loser takes all）⑮的遊戲規則。

布爾迪厄有關文學場域「輸者爲贏」的闡述，與林亨泰「拙於造詞砌字也能寫詩」或「拙劣性卻成爲其長處」的邏輯策略，可以說是有著一定程度的相仿，儘管布爾迪厄主要是將文學場域放在一個日益發達的資本主義經濟市場中來進行分析，而林亨泰所面臨的首要文學危機並非來自商業市場的因素，而是受制於國家在語言政策上的強勢逼近：詩人所賴以表達的語言資本在國家政策底下完全貶值而淪爲「語言的無產階級」。因此，若借用布爾迪厄的分析，可以幫助我們看到，在林亨泰的情況中，是一位能動者（意圖延續創作生涯的詩人），利用其文化資本（日治時期透過日文所廣泛涉獵的文學知識以及有關現代主義的概念），而將貶值的語言劣勢翻轉成一種特權（二十世紀乃是「惡文的世紀」，將語言的溝通性與民族性退位給由想像力或眞摯性所建構的純粹性）。也就是說，詩人因政治的變換而在一夜之間失去所有的語言資產，但儘管如此，如果想要延續創作生涯，詩人的可能路徑，其一是投資更多時間，努力融入主流語言；而另一條途徑則是揚棄主流形式，創造自己獨特的美學價值，並進一步尋求嶄新美學的合法地位。也因此，當林亨泰在面對「現代詩」這個仍是有待建立的話語空間時，他並不是（恐怕也不容易做到）像紀弦那樣，將實踐的重點置於象徵主義的技法與概念之上，而是轉身回溯日本的「現代詩」概念來作爲他的出發點，利用日本現代主義詩對於語言的各種摸索與實驗，並援引、重組未來派的自由語技巧與科技意象，來展示他自身對於「現代」與「詩」的想像。

有關自由語的方法，馬里內蒂在第二次宣言——也就是在一九一二年的〈未來派文學技術宣言〉中才有了具體的陳述，宣言中他提出許多驚世駭俗的語言革新主張：

諸如必須「毀滅句法」「消滅形容詞」「消滅副詞」「每一個名詞都應當是成雙重疊」「消滅標點符號」（1990b:51-57）等等。神原泰在一九二五年出版的《未來派研究》一書當中，便花費了七十頁的篇幅來闡述未來派的自由語概念，並列舉了多首的翻譯詩作（神原泰161-231），但是真正將未來派自由語概念推向極致的，恐怕就屬林亨泰的這首〈房屋〉了（1956a:14）：

笑了
齒　齒
齒　齒
齒　齒
齒　齒

哭了
窗　窗
窗　窗
窗　窗
窗　窗

這樣一首既消滅了形容詞與副詞並以疊字構成的詩，剝除了語言在意義溝通上的可能。然而，儘管這首詩並不意圖表達任何固定的意義，但卻絕非全然無法理解或領會，這緣於漢字的形象負載仍被詩人留下來作爲視覺效果的營造。林亨泰在這段期間的符號詩創作，可以說是在新舊語言之間來回激盪的具體展示，而他也在中文這個完全以「漢字」（亦即表意或圖像文字）構成的語言，找到了有別於日文與台語的特色，而集中在視覺效果上進行了許多的發揮。儘管日本學者三木直大指出，〈房子〉的構想可能是來自於萩原恭次郎的〈拉斯可尼可夫〉（〈フスコーリニコフ〉⑯）詩中的一個片段（三木直大2001:25）：

【窓】——窓●窓●窓●窓
　　　　　●
　　　　窓
　　●
　　窓
●
窓
鉛貨よりも青つ白い空気●●流動する空気
戦慄する動脈
突走する血液（萩原恭次郎 1973:33-34）

這裡所觸碰到的，或許是一個「究竟是影響或是模仿」的問題，在台灣的現代主義實踐中，最受抨擊的不外乎是「模仿」的質疑。但是，語言之間的跨越即使是就其物質性（語言學）的層面來看，也不必然是可以輕鬆地相互化身成另一個對等的形式或內容。若以日本語文爲例，這個看似與中文有著部分相似性的語言，其在書寫上，其實除了包括表意的「漢字」之外，更還包括了表音的「平假名」和「片假名」。因此在詩創作上的語言操作、韻律構成與美感表達等各方面，中文與日文在根本上是截然不同的。若取中文詩作與日文詩作的相似性作爲「模仿」的論據，則是預設了日文與中文之間存在有不證自明的可通約性，而忽略了在不同語言條件下的創作，其所動員的美學條件其實是牽涉廣泛的。⑰若以萩原恭次郎的這首〈拉斯可尼可夫〉爲例來分析的話，詩中雖然以重複排列的方式，將「窓」（亦即中文的「窗」）的點狀錯落感覺呈現出來，但是這首詩與其說是訴諸視覺，倒不如說是透過文字意義的延展，來傳達城市、抗議群眾、工廠與憤怒的意象。如「鉛貨よりも青つ白い空気」（比鉛幣還要青白的空氣）、「流動する空気」（流動的空氣）、「戰慄する動脈」（戰慄的動脈）、「突走する血液」（快速奔馳的血液）等等，其文字的重點並不在於圖像的喚起，而是經由文字的音韻與意義的經營，來表達萩原恭次郎對於資本主義的抗議。這與林亨泰試圖透過怪異的文字排列而將詩的形構推向極端的臨界演出，兩者在文字策略與表達的意圖上是大相逕庭的。

而正是對於語言本身的關注，林亨泰認爲，「西方」透過拼音文字所進行的符號詩實驗，由於受限於自身的形式結構而說不上是成功的，他引阿保里奈爾的《卡里葛拉姆》將表音文字當作意符文字來運用的方式爲例，而「籠統」地歸結出：中國詩的傳統「(一)在本質上，即象徵主義。(二)在文字上，即立體主義」(林亨泰1957:35-36)。不但如此，他更進一步大膽提出：「現代主義即中國主義」(36)的說法。這樣的作法，無非是試圖從對於「西方」的挪用中，一方面補足「西方」的不足(西方前衛實驗中以表音文字來表達圖畫形象時的限制)，同時亦將自身從新語言(純粹由漢字所構成的中文)的困境中解放出來。林亨泰將現代主義看成是一種與自我在相互補足、相互指涉中相互完成的文學契機，這可以從底下的一段話中窺得一二：

我們正希望著台北將成爲未來的巴黎，正如巴黎已代替了過去的佛羅倫斯那樣。我們也正希望於我們的後代也有這麼一本書，其開頭幾句即這麼寫著：「現代主義運動的歷史，完結於中國。然而這一段歷史，引導我們從法蘭西到美麗寶島的淡水河畔的台北。但是，現代主義運動的開始，在很重要的意味上說，也在這中國。」⑱(林亨泰1958:5)

但無論如何，〈房屋〉畢竟是一個極端的例子，像這樣一首看似半開玩笑的詩作品，當然免不了要引來許多批評與嘲諷（趙天儀 2001:13），只不過，接踵而來的批判與爭議卻也開啓了另類美學的可能性，無疑也爲詩人帶來對於「詩」的解釋權。試想，當面對刊登在一本叫做「現代詩」的詩刊上的一首總共只有兩個動詞與兩個名詞的「詩」的時候，無論是驚嘆或咒罵，這首怪詩恐怕也拋給了讀者一連串有關詩的基本問題：什麼才是詩？怎樣才是「現代詩」？詩一定要歌詠美麗的事物或抒發內心的情感嗎？詩人與讀者的位置又該怎樣來看待？而我認爲，林亨泰對於自由語的運用，表面上是意圖破壞舊有的詩歌語言以及美感經驗（或說，由於沒有傳統負擔，因此可以置之不理），但這並不是林亨泰的最終意圖，他反而是要藉由否定既成的詩歌形式，而企圖在「現代」這一個大框架底下，或藉「現代主義」這種外來的不定式，來建立自身的獨特美學。

詩人的語言實驗重點是在於從「破壞」來尋找「建立」的可能——這一點我們可以從林亨泰的「主知」概念中看出端倪。我認爲「主知」或「知性」的概念是台灣現代主義詩歌的重要元素之一，我們可以從楊熾昌對於超現實主義的闡述[19]、紀弦「現代派的信條」第四條中的「知性的強調」，以及洛夫心中所構畫的理想超現實：「是感性的也是知性的」[20]等等，信手拈來詩人對於「主知」與「知性」的推崇。儘管

「主知」或「知性」在每一位詩人那裡各有不同的指涉，但是相較於未來派馬里內蒂的：「讓我們從理智的可憎外殼鑽出來吧！」（1990a:45）或超現實主義的布魯東將詩的追求直指夢境、潛意識甚至是錯覺、幻象的探索（A・ブルトン 1975:6-50），「知性」或「主知」的概念，非但不是「西方」的未來派或超現實主義所追求的，甚至是意圖予以瓦解的對象。但台灣的前衛詩人卻不盡然如此，在林亨泰那裡，「主知」佔有著無比優越的地位，他將「主知」與「抒情」對立來看，他在〈鹹味的詩〉中提到，抒情無非是一種「慰藉讀者的糖」，但是作者的任務並不是在於慰藉讀者，而是予以「不快」，這就是作品的批判性。林亨泰引用提博德（Albert Thibaudet）的話說：「這種批判的感覺〔……〕使讀者害怕，也使讀者激憤〔……〕依我的看法，沒有一件比這種作者與讀者的鬥爭更健康的事」（1958:5）。而他進一步認爲紀弦的詩也就是這種批判的詩，是有別於「抒情主義」的，因此，「（紀弦的）這種詩是意志活動佔去了優位的，所以也可以說：這就是抒情的崩潰，也就是主知的抬頭！」（5）「意志活動」乃是林亨泰「主知」的重要內涵，也因此，他的語言實驗的最終目標並不在於追求未來派無政府主義式的激越、混亂與破壞性，而是藉由瓦解一般對於詩歌語言的既成觀點，與一反讀者的閱讀期待，而將箭頭指向詩歌的內在精神活動。關於這一點，其實與楊熾昌在一九三四年所提出的看法是十分接近的：

我們怎麼裁斷對象，組合對象，就這樣構成詩的。這是詩人的精神祕密。在那裡詩會做暴風雨的呼吸，我認爲被投擲的對象描繪的拋物線即是詩，然而我強求其組織體的不完全。我認爲詩的組織就是不完全的意義的世界走到完全的世界。這才是詩的本質。（1995a:129）

這段文字裡的「對象」指的是語言和它所對應的「自然」或「現實」，對楊熾昌來說，詩人所關心的並不是那個被投擲的「對象」本身，而是「對象」被投擲時所畫下的「拋物線」過程。不難看出，這裡所謂的「拋物線」，既是一條語言的差異軌跡（traces of differences），亦是詩人在這不斷擴散與綿延軌跡中所試圖介入的內在思考過程，換句話說，「拋物線」指的就是詩人透過投擲「對象」（語言操作）所開展出來的心智動態過程。而這個心智動態過程本身才是「詩的對象」，同時也是「詩的內在事實」。也因此，詩人所關切的，是如何投擲那個「對象」，以及「怎麼裁斷對象，組合對象」。此外，詩人所欲強求的乃是「組織體的不完全」，亦即，語言與現實對應之間的斷裂而造成的莫可名狀，而這種莫可名狀的對應缺口則是有待想像力來加以填補的。可以說，這種創作時的內在心智動態過程也就是楊熾昌所謂的「主知」概念，

「主知」因此是一個透過語言操作而喚醒想像力的心智過程。於是，在詩歌的創作活動中，詩人將語言意義的可對應性及可溝通性讓位給想像力與內在的精神活動，而這也正是「詩人的精神祕密」所在。不但如此，讀者也必須被羅織到「不完全的組織體」中，一起參與詩的思考過程，這樣一來，作品的「不完全」才能夠過渡到彼岸那「完全的世界」之中。

林亨泰有關「拙於造詞砌字」或「惡文的世紀」的說法，其實與楊熾昌的「組織體的不完全」有著近似的內涵。而這也呈顯出這兩位台灣詩人對於「前衛」的援引，除了是想要借助其破壞的力道之外，更意圖重編「美」與「惡」、「完整」與「缺陷」的疆界，並從中建立一套新的美學思考。縱使他們將自己的詩作放在「前衛」的範疇，或是以「現代主義」來稱呼自己，然其作品實際上是糅雜了更爲廣域的各種觀點，我們不難在詩人的論述中看到浪漫主義所鼓吹的想像力、象徵主義對於「交感」（correspondance）之語言內在形式的追尋，甚至是後現代式的破碎語言外觀，以及表意與表音文字的混雜及轉換，所有這些，均被融合到「主知」的概念之中，與「破壞」的語言技術攜手並進，共同參與「現代詩」的打造，塡充他們所想像的「現代主義」的話語空間。

如前所述，「主知」在不同的詩人那裡是存在著相異的認知與詮釋的，關於這一點，需要另文進行系譜式的考察才可能釐清它的各種面貌，但若是籠統概括來說的話，「主知」的意涵在許多台灣的現代詩人那裡，大概也就是如詹冰所說的：「詩人如小鳥任憑自然流露的情緒來歌唱的時代已過去〔……〕我的詩作可以說是一種知性的活動。簡言之，我的詩法是『計算』。我計算心象的鮮度，計算語言的重量，計算詩感的濃度，計算造型的效率，以及計算秩序的完美。最後的目標是要創造前人未踏的詩的美的世界」（1998e:66）。在這裡，詹冰所謂的「知性」，既是創作活動中的精神狀態，同時也是一種語言操作的精神過程，一首詩的完成不再是藉由情感的流湧，而是必須透過「語言技術」的理性操作來加以趨近。這因此使得「主知」帶有一種工具性與技術性的意涵，而這正也符合當時詩人們對於「現代」的想像與期待。詹冰的看法想必會令人聯想起法國詩人梵樂希所說的：「現代的詩人再也不是一個狂亂的瘋子，在一個發熱的夜裡寫下一整首的詩；他應該是一個冷靜的科學家，幾乎就像幾何學家一樣，爲敏銳的夢想家服務」（Valéry, 1985:315）。梵樂希推崇理智與科學的方法，而他所強調的知性詩觀，在台灣或日本㉑是如此地受到廣泛的挪用。在台灣，無論打的是超現實、未來派或是象徵主義的旗幟，也無論是有過大陸文學背景或走過日治歲月的台灣詩人，我們都不難看見梵樂希的隻字片語被鑲嵌在詩人的自我主張中，閃閃發著光芒，這無疑是一個耐人尋味的現象。㉒

也因此，一般對於西方現代主義所概括描述的「放逐理性」，乃不足以涵蓋台灣現代主義詩人的精神傾向。現代主義誠然是被挪用來作爲對於主流文學及詩歌的反動，但詩人們所通過的路徑卻未必是以否定理性的方式。或許，較貼切的說法應該是：詩人仍是企圖透過「理性」的語言操作，來打破由主導文化（傳統）所認可的美學合法性，並相信藉此可以達到一種自由。因此語言在這裡成了鬥爭的場域，那裡匯集了新跟舊、「東方」與「西方」、過去與現在的各種勢力的角逐。也誠然，主知或知性的概念之所以不曾受到台灣詩人的「唾棄」，或許緣於台灣（其實也包括日本）整體的焦慮主要還是來自於西方大舉壓境的科學與工具理性，而即使是新文學的誕生，也自始便承載著理性能夠帶來文化變革的誠摯盼望，因而普遍對於技術、工具，以及「形式或體制的突破可以帶來精神與內涵的改變」等看法，也仍然有著一種樂觀的期待。即使紀弦也不免將「新詩」與「科學」類比，㉓並將現代詩的崛起視爲中國詩的「現代化」。也因此，當「西方」透過廣義的現代主義表達對於科學與理性的質疑時，「現代化」或「現代性」的概念在台灣（也包括日本），仍是與自由、民主、科學、自我的覺醒等等想像緊扣交纏，因此在文學場域中仍然保持著難以動搖的合法地位。尤其是曾經淪爲殖民或半殖民的台灣與日本，擁抱現代性的欲望恐怕還是強過於思索其所可能帶來的毒害。

三、結論

林亨泰在語言轉換的困境中，找到現代主義與前衛的語言實驗作爲他的跨語策略，並藉此投身參與正待崛起的「現代詩」的概念建構，但是在五〇年代的政治氣氛下，林亨泰對於前衛概念的援引，是不可能直接作爲衝撞政治的激進主張，而是以迂迴的方式，在形式上指向語言的破壞，並透過這種破壞來翻轉主流的美學價值。然而這種僅在語言上的挑戰卻也不能因此說是「非政治」的，緣於台灣在五〇年代正是官方語言尋求一統與標準化的時期，因此文學場域當然也是官方語言建立其優勢地位時所必然重視的目標。而語言的政策既然是透過國家的意志來執行，並由人民主動配合，因此所謂「好的」或「美的」語言已是不可避免地滲透了國家的意識形態，由是，語言的破壞同時也隱含了對於國家主流價值的挑戰。尤其不可忽略的是，林亨泰乃是經過了四〇年代的另一種前衛——左派思想的洗禮而走向五〇年代，縱使當時的批判鋒芒不再是指向社會外在的各種現象，但詩人轉而探求創作的「精神自由」，而具體的方式便是「主知」的實踐。也因此，語言的破壞並非林亨泰的終極關懷，而如何從語言在「時間性」與「空間性」的匱乏之中，重新打破時空的束縛而壓縮、打造自己的美學，並進而尋求合法化的過程，才是詩人關注的所在。於是，就像本文開頭的引文中所提到的，光只是對於外來名詞的引介與字義的辨明是不足以討論詩的，詩人的眞正目標，則是志在參與「名詞」內涵的創造。也因此從西方出發的這些「名詞」，在不同的文化場域中遊走、打滾、變容而輾轉到了台灣之後，恐怕已不是歐洲的「原初」意義所能予以規範的。

職是，我們既無法將林亨泰透過現代主義或前衛概念所展現的具體實踐，簡單地還原至某個原初形態的「西方」，也不能以林亨泰的現代詩實踐來涵蓋所有的台灣現代詩人。而這也意味著，如果我們將現代主義放到各個主體的實踐過程中來觀察，我們恐怕得說，台灣的現代主義難道不是在每一個主體的實踐過程中，透過翻譯、想像，有所吸收、有所揚棄、有所變形或重新排列組合而折射出來的形象各異的創造？或許我們可以將這些由個體所建構的現代主義，集合成一個名爲「台灣現代主義」的複數集合體，然而，若是要從這樣的一個複數集合體找出某些固定的框架，反身來規範或定義個體所呈現的現代主義實踐的話，那我們所能看到的，恐怕將只會是一幅單調的台灣現代主義圖景。

引用書目

Bradbury, Malcolm, and James McFarlane. 1991. "Movements, Magazines and Manifestos: The Succession from Naturalism." *Modernism: 1890-1930*. Ed. Malcolm Bradbury and James McFarlane. London: Penguin. 192-205.

Bourdieu, Pierre. 1991. *Language and Symbolic Power*. Trans. Gino Raymond and Matthew Adamson. Cambridge, MA: Harvard UP.

——. c1992. *Les Règles de L'art: Genèse et Structure du Champ Littèraire*. Paris: Seuil.

——. 1993. *The Field of Culture Production*. Ed. Randal Johnson. Cambridge: Polity.

——. 1996. *The Rules of Art: Genesis and Structure of the Literary Field*. Trans. Susan Emanuel. Stanford: Stanford UP.

Liu, Lydia H. 1995. *Translingual Practice: Literature, National Culture, and Translated Modernity—China, 1900-1937*. Stanford: Stanford UP.

Valéry, Paul. 1985. "On Literary Technique." The Art of Poetry. Trans. Denise Folliot. Princeton: Princeton UP. 315-23.

Williams, Raymond. 1989. "Language and the Avant-Garde." The Politics of Modernism: Against the New Conformists. London: Verso. 65-94.

三木直大。二〇〇一。〈林亨泰中文詩的語言問題——以五〇年代現代詩運動前期爲中心〉。《台灣詩學季刊》三七（二〇〇一．十一）：一七—三〇。
王拓。一九七八。〈是現實主義文學，不是鄉土文學〉。《鄉土文學討論集》。尉天驄主編。台北：遠景。一〇〇—一九。
呂興昌編。一九九八。《林亨泰全集》一、二。彰化：彰化縣文化中心。
邱貴芬。二〇〇三。〈《日據以來台灣女作家小説選讀》導論〉。《後殖民及其外》。台北：麥田。二〇九—五七。
林亨泰。一九四九。〈文藝通訊〉。《潮流》第二年第一輯（一九四九．四）：三六。
——。一九五六a。〈房屋〉。《現代詩》十三（一九五六．二）：一四。
——。一九五六b。〈第二十圖〉。《現代詩》十四（一九五六．四）：四六。
——。一九五七。〈中國詩的傳統〉。《現代詩》二十（一九五七．十二）：三三—三六。
——。一九五八。〈鹹味的詩〉。《現代詩》二二（一九五八．十二）：四—五。
——。一九六三。〈紙牌的下落〉。《創世紀詩刊》十八（一九六三．六）：二。
——。一九九五。〈銀鈴會與四六學運〉。《台灣詩史「銀鈴會」論文集》。彰化：磺溪文化學會。六五—七一。
——。一九九八a。〈山的那一邊〉。《林亨泰全集一》。呂興昌編。彰化：彰化縣文化中心。

九〇—九一。

——。一九九八b。〈群眾〉。《林亨泰全集一》。呂興昌編。彰化：彰化縣文化中心。一三—二四。

——。一九九八c。〈現代派運動與我〉。《林亨泰全集五》。呂興昌編。彰化：彰化縣文化中心。一四三—五三。

——。一九九八d。《《現代詩》季刊與現代主義》。《林亨泰全集五》。呂興昌編。彰化：彰化縣文化中心。一五四—七五。

——。一九九八e。〈笠下影：詹冰〉。《林亨泰全集六》。呂興昌編。彰化：彰化縣文化中心。六六—七四。

——。一九九八f。〈笠下影：錦連〉。《林亨泰全集六》。呂興昌編。彰化：彰化縣文化中心。一〇三—一一二。

洛夫。一九六五。〈詩人之鏡（自序）〉。《石室之死亡》。台北：創世紀詩社。一—三二。

紀弦。一九五六a。〈現代派信條釋義〉。《現代詩》十三（一九五六・二）：四。

——。一九五六b。〈談林亨泰的詩〉。《現代詩》十四（一九五六・四）：六六—六九。

——。一九五七。〈社論：自反而縮雖千萬人吾往矣〉。《現代詩》十六（一九五七・一）：一。

——。一九九四。〈關於台灣的現代詩——爲第十五屆世界詩人大會的專題演講〉。「第十五屆世界詩人大會」宣讀稿。一九九四年八月十三日。
——。一九九六。〈我的第二故鄉〉。《聯合報》副刊。一九九六年五月三十一日。
——。二〇〇一。《紀弦回憶錄》第二部。台北：聯合文學。
馬里內蒂。一九九〇a。〈未來主義的創立與宣言〉。吳正儀譯。《未來主義 超現實主義 魔幻現實主義》。柳鳴九主編。台北：淑馨。四四—五〇。
——。一九九〇b。〈未來主義文學技巧宣言〉。吳正儀譯。《未來主義 超現實主義 魔幻現實主義》。柳鳴九主編。台北：淑馨。五一—五七。
酒井直樹。二〇〇五。〈文明差異與批評：論全球化與文化國族主義的共謀關係〉。黃念欣譯。《中外文學》三四．一（二〇〇五．六）：一二七—三七。
現代文學編輯委員會。一九六〇。〈發刊詞〉。《現代文學》一（一九六〇．三）：二。
張道藩。一九九九。〈三民主義文藝論〉。《張道藩先生文集》。道藩文藝中心主編。台北：九歌。六二八—八六。
張誦聖。二〇〇一。《文學場域的變遷》。台北：聯合文學。
陳芳明。二〇〇一。〈橫的移植與現代主義之濫觴〉。《聯合文學》二〇二（二〇〇一．八）：一三六—四八。

——。二〇〇三。〈現代詩與早期現代詩學的引進——紀弦詩論的再閱讀〉。「文學傳媒與文化視界國際學術研討會」。國立中正大學主辦。
覃子豪。一九五七。〈新詩向何處去？〉。《藍星詩選》獅子星座號叢刊第一輯（一九五七・八）：九。
創世紀詩刊編輯委員會。一九五四。〈創世紀的路向：代發刊詞〉一（一九五四・一〇）：二—三。
曾貴海。二〇〇六。〈台灣戰後反殖民與後殖民詩學〉。《文學台灣》五七（二〇〇六・一）：一七五—二一七。
葉維廉。一九九八。《解讀現代・後現代》。台北：東大。
楊熾昌。一九九五a。〈燃燒的頭髮——爲了詩的祭典〉。《水蔭萍作品集》。呂興昌主編。台南：台南市立文化中心。一二七—三三。
——。一九九五b。〈土人的嘴唇〉。《水蔭萍作品集》。呂興昌主編。台南：台南市立文化中心。一三五—三九。
——。一九九五c。〈新精神與詩精神〉。《水蔭萍作品集》。呂興昌主編。台南：台南市立文化中心。一六七—七五。
——。一九九五d。〈《紙魚》後記〉。《水蔭萍作品集》。呂興昌主編。台南：台南市立文化中心。二五一—五三。
趙天儀。二〇〇一。〈論林亨泰的詩與詩論〉。《台灣詩學季刊》三七（二〇〇一．一一）：九—一六。
蕭新煌。一九八九。〈當代知識分子的「鄉土意識」——社會學的考察〉。《知識分子與台灣發展》。中國論壇編委會主編。台北：聯經。一七九—二一四。
澤正宏。一九九四。〈日本のモダニズム詩〉。《モダニズム研究》。モダニズム研究會編。東京：思潮社。五二六—四三。
神原泰。一九二五。《未來派研究》。東京：イデア書院。
陳明台。一九九〇。《「詩と詩論」研究——昭和初期日本前衛詩運動の考察》。台北：笠詩社。
千葉宣一。一九七七。〈前衛芸術との遭遇〉。《近代文学》。三好行雄、竹盛天雄編。東京：有斐閣。四一—五〇。
塚原史。一九九四。《言葉のアヴァンギャルド》。東京：講談社。
萩原恭次郎。一九七三。〈ラスコーリニコフ〉。《萩原恭次郎詩集》。伊藤信吉編。東京：彌生書房。三二—三四。
A・ブルトン。一九七五。〈シュールレアリスム宣言（一九二四年）〉。《シュールレアリス

ム宣言集》。森本和夫譯。東京：現代思潮社。六—五〇。

分銅惇作。一九八八。〈詩の歷史〉。《近代詩現代詩必携》。原子朗編。東京：學燈社。一八—二四。

註釋

①原載於一九四九年春季號的《潮流》，原文以日文寫成。

②如紀弦在現代派運動的六大信條中，關於「西方」的部分就佔了兩條：「第一條：我們是有所揚棄並發揚光大地包容了自波特萊爾以降一切新興詩派之精神與要素的現代派之一群。第二條：我們認爲新詩乃是橫的移植，而非縱的繼承。這是一個總的看法，一個基本的出發點，無論是理論的建立或創作的實踐」（一九五六a：四）。另外，《現代文學》在創刊詞中儘管再三強調對於自國文學與傳統的尊重，但也強調以西方爲「他山之石」：「我們打算分期有系統地翻譯介紹西方近代藝術學派和潮流，批評和思想，盡可能選擇其代表作品」（一九六〇：二）。

③如王拓曾經說過：「因此所謂的『鄉土文學』，事實上是相對於那些盲目模仿和抄襲西洋文學、脫離台灣的社會現實，而又把文學標舉得高高在上的『西化文學』而言的」（王拓，一九七八：一一六）。

④以內／外或傳統／外來的方式來看待現代主義，其實早在鄉土論戰之前便已然存在，如蘇雪林等學者在新詩論戰中所提出的觀點，便是在如此的架構下而展開，只是這種論述方式，一直要到了七〇年代初期的關桀明與唐文標以及鄉土論戰時，才更有系統且更有影響力地被加以提出。

⑤有關林亨泰在五〇年代詩壇的存在位置，本文審查人之一指出：「林亨泰的詩，在當時詩壇並非是最重要。就詩藝與詩論而言，也不是最醒目的。林亨泰受到注意，全然是後來受到『典律化』所造成的結果」，因此審查人認爲以林亨泰爲例來討論「現代性的焦慮」，並不是一個恰當的舉證。關於這一點我是部分同意的，誠然，以五〇年代爲例，若比起當時活躍於詩壇的紀弦、覃子豪、余光中等詩人，林亨泰的詩論與詩作品無論在數量上或篇幅上，的確是相對「貧乏」得多的。然而這也正是我的論文要旨所在，也就是說，林亨泰在創作上的最大焦慮乃是來自於語言的轉換，他在五〇年代的中文程度，只能令他寫出如學者陳芳明所說的：「以隨筆札記方式申論，較不具系統式的推理」（陳芳明 二〇〇一：一四五），也正因爲如此，他必須以「另類」的方式來突破語言的困境。但儘管如此，我們若仔細檢視從「現代派」發起的《現代詩》第十三期而至停刊前的第二十三期內容，除了紀弦本人之外，唯一佔過社論版面的僅有林亨泰的文章（〈談主知與抒情〉，第二十一期），並且，如果就非翻譯自外文的詩

論作品來看的話，林亨泰的文章在數量上亦是僅次於紀弦的（分別刊登於第十七、十八、二十、二十一、二十二期）。此外，紀弦也在《現代詩》第十四期中，專文爲林亨泰的符號詩進行辯護（〈談林亨泰的詩〉），這也是紀弦在《現代詩》第十三到二十三期之間，以專文論評台灣當時詩人絕無僅有的一篇，而他在文中提到撰文的目的時說道：「林亨泰的詩，有人說他太新，太怪，有人乾脆說看不懂（……）我曾在信札上應允幾位熱心的讀者，說要寫一篇文章，去幫助他們瞭解林亨泰的詩」（一九五六b：六六），足見林亨泰的詩的確在當時引起了不小的回響，才會使得紀弦覺得有必要撰文回應。而紀弦在同文中對林亨泰的介紹是：「他是本省人，現在服務於教育界，和我同行。早在日據時代，他就經常用日文在當時的各報章雜誌上發表作品，而且已經出過日文的詩集了。本省讀者，差不多都知道他。光復後才開始學習祖國語文；而用中文寫詩，乃是近年來的事情」（六六）。另外，紀弦本人也曾在後來的第十五屆世界詩人大會中提到：「由於我們組派之故，乃引起覃子豪與我之間一場有名的『現代主義論戰』。他那邊，有余光中助陣；我這邊，林亨泰的一支筆也是夠鋒利的」（紀弦，一九九四：三；同樣的敘述也可見於紀弦發表在一九九六年五月三十一日《聯合報》的〈我的第二故鄉〉一文之中）。因此，我同意所謂「典律化」或許使得林亨泰的作品受到多於以往的注意，但這並不代表他在「典律化」之前就不重要。只不過，在這裡我仍回應審查人的意見，而將原本的「重要位置」改成「特殊位置」，以凸顯本論文所欲探討的台灣現代主義現象中的一個特殊面向。

⑥收錄於《林亨泰全集一》的四〇年代作品共有近六十首詩，當中「華文詩」僅有五首，分別是〈靈魂的秋天〉、〈鳳凰木〉、〈新路〉、〈歸來〉、〈女郎與淚珠〉，但其中〈女郎與淚珠〉亦爲日文中譯，因此目前僅知的中文詩作只有四首。

⑦如林亨泰的〈山的那一邊〉則是包括了九首有關烏來原住民的系列詩作（一九九八a：一三—二四）。

⑧在《現代詩》創刊號的宣言當中，只出現一次「現代詩」的用法：「只要是詩，是好詩，是現代詩，無論其爲政治的或非政治的，都是我們所需要的」。而紀弦在自傳中雖然提到了《現代詩》季刊的創刊經緯，但是至於爲何取「現代詩」爲名，則未有交代，僅僅描述：「在『暴風雨社』不聲不響的關門大吉之後，我就開始籌畫獨資創辦一份新的詩刊了〔……〕於是第一步，我決定名這即將誕生的季刊爲《現代詩》〔……〕第二步，我試著用二號畫筆（畫油畫的，而非中國毛筆）寫了『現代詩』三個字，覺得還不難看，就製好了一塊鋅版備用。第三步，寫信徵稿」（紀弦，二〇〇一：四八）。從紀弦的回憶文章看來，「現代詩」的命名似乎是頗爲隨性的，不過值得注意的是，紀弦曾在《現代詩》第十六期的「社論」中提到，他從創刊的第二年春

季號開始，便在詩刊的封面印上The Modernist Poetry Quarterly的英文，直到組派之後，才更名爲The Modernist Poetry Monthly，因此紀弦強調，從英文命名可以看出，他打從一開始就有結合「現代主義」作爲創作方向的意圖了（一九五七：一）。

⑨如《創世紀》在創刊號（一九五四：一〇）的發刊詞〈創世紀的路向〉一文中，當陳述其課題與使命時，亦是以「新詩」這個詞彙來指稱：『新詩往何處去』？這是今日擺在我們面前的一大課題。而如何引導新詩向正確的方向前進，無庸推諉的，這是今日的詩陣線所要負起而必須付起的一大責任」（二）。另外，即使是一九五七年八月所出版的《藍星詩選》叢刊第一輯中，首篇覃子豪的文章標題亦是：〈新詩向何處去〉，這多少可以窺得在當時，「新詩」仍是一個比較普遍的說法。

⑩日本文學中的「モダニズム」（modernism）一詞指的多是詩歌的範疇。

⑪在日本文學史的時代劃分上，在「現代詩」之前是「近代詩」，而「象徵詩派」則是屬於「近代詩」的階段。日本的象徵詩始於明治三十年代後期（約一九〇二年前後）。因此林亨泰認爲：「至於象徵主義，在日據時代的台灣不可能有人會提倡此類主張的，因爲自從受到上田敏譯詩集《海潮音》（一九〇五年）的序與譯作的影響，象徵主義早已成爲日本詩壇的主流〔……〕所以，日據時代的台灣可能會有人提倡超現實，也不會看到有人主張象徵派的，其主要原因即在此」（一九九八b：一六八）。

⑫不容忽略的是，「民族」在五〇年代的新詩論述中仍是佔據一個無比重要的地位，若比較同期的《創世紀》於一九五四年創刊時所提出的：「詩人乃是民族正氣的象徵」（一九五四・十：二），或一九五六年提出的「新民族詩型」（一九五六・三），都是以「民族」作爲詩創作的一大前提。即使是覃子豪在回應紀弦組「現代派」時所撰寫的〈新詩向何處去〉（一九五七・八）一文當中，也提到：「風格是代表自己的，不屬於西洋詩的任何一個流派或任何一個主義。要使讀者從新詩的形象裡能窺見中華民族精神的全貌，從新詩的節奏中聽見中國時代脈搏跳動的聲音」（覃子豪，九）。不難看出，詩歌語言在五〇年代被賦予了濃厚的民族共同體期待，這對才從另一民族「掙脫」出來的跨語言詩人林亨泰來說，中文所承載的民族想像，恐怕還是相對令他難以潛入其中的。

⑬林亨泰在《現代詩》時期的詩作中，有不少是有關現代生活的景觀與意象，如描繪速度的〈輪子〉〈ROMANCE〉〈車禍〉〈患砂眼的城市〉，有關生活中的噪音：〈誕生〉〈噪音〉，或從科技角度觀照人的存在樣態的〈遺傳〉〈人類身上的鈕釦〉〈手術台上〉〈電影中的布景〉等等，詩人明顯企圖將科技所帶來的各種生活現象入詩，這樣的題材在當時可以說是相當罕見的（參考《林亨泰全集二》）。

⑭張道藩所撰寫之〈三民主義文藝論〉，乃是根據蔣中正在《民生主義育樂兩篇補述》

所提示的文藝政策而完成的「官方」文藝論述，張道藩在文中高舉「現實主義」乃爲反共抗俄復國建國的大時代中所亟需，並列舉西洋乃至中國新興文藝各流派的缺陷，斥西洋的浪漫主義爲「從個人出發，尚主觀，縱情而反理性，對社會傳統與秩序，有破壞而無建設」；中國的頹廢派作家「逃避現實，沈湎於色情」；中國的象徵派文藝「偏於把握空幻的心靈，而失去事物的眞實形象，呈露了朦朧的境界，並無和諧氣氛，益使人們感覺惆悵」；而自然主義「流於機械的分析」；未來派「著力於物質的表揚，忽略了人性的尊嚴；或轉爲英雄主義的飛揚跋扈，仍含權力崇拜的毒液」；超現實乃爲「大率流於虛誕」，其他如立體派、達達派等文藝是「雜取而不調和，可說偏蔽得更厲害了」（一九九九：六二八—八六）。張道藩極力宣揚寫實主義爲民族之理想文藝，並對於「大眾」與「通俗」的重要性多有闡述，其觀點也可見於後來的鄉土論述之中。

⑮布爾迪厄在許多著作中，對於福樓拜的《情感教育》進行細密的分析，他藉由小說情節中的愛情關係來揭示隱藏在底下的社會結構，並認爲福樓拜透過主角佛德列克（Frédéric）對於阿努夫人（Madame Arnoux）非理性的、一反商業邏輯的愛情，來闡述他自身「爲藝術而藝術」的立場。而這種翻轉資產階級商業價值的「爲愛而愛」或「爲藝術而藝術」，布爾迪厄則將之稱爲「輸者爲贏」的邏輯（Bourdieu ,1993: 145-211;

1996: 21）。又，此「輸者爲贏」的法文原文是à qui perd gagne（參見*Les règles de l'art: Genèse et structure du champ littéraire.*,1992:44，原意應是指「輸的人賺到」，或從英譯文loser takes all 的中譯應是「輸者全拿」，但這裡我取「輸者爲贏」的中譯，以凸顯布爾迪厄所欲表達的「文學場域爲經濟世界的顛倒」（一九九三：一六四）的倒錯關係。

⑯〈ラスコーリニコフ〉是收錄於萩原恭次郎詩集《死刑宣告》中的作品。詩名與《罪與罰》的男主角同名，詩中描寫因勞資爭議而起的暴力事件，而詩人亦明白透露其無政府主義傾向（萩原 三二—三四）。

⑰這也說明，同樣是「詩」的範疇，在「日文」其語言自身的歷史與物質條件下，是發展出了諸如俳句、和歌或連歌等等的詩歌形式，而這是中文或是歐洲語言所難以充分表達的藝術形式。反之亦然，中國沒有發展出像是從歐洲語言所精鍊出來的十四行詩，而歐洲語言也不容易達到生成於中國文學脈絡中的詩詞歌賦的境界。

⑱晚近的許多論者對於當時「中國」的稱呼方式大表不以爲然，如詩人曾貴海則因此將五○年代的林亨泰定位爲「中國種族文化主義與文學信仰者」（二○○六：一九二），我認爲這是言之過當，正如林亨泰自身所提及的：「在這裡我必須附帶說明的，文中所謂的『中國』，只是按照一般習慣用法而稱謂的，有時指『中國』有時指『台灣』

而用得相當紛亂，並沒有把『中國』與『台灣』兩種概念釐定得很清楚」（一九九八d：一七五）。但是撇開「名詞」的爭議，這段文字的重要含義乃是在於詩人掌握「現代主義」的方式，亦即，林亨泰並不是將之視爲一個擁有固定本質形貌的文學內容，而是將之作爲一個有待塡補、同時也具有改變「中國」語言潛力的的文學空間。也因此，他不僅將台北的淡水河（「在地」的象徵）期許爲「現代主義」的終點，同時更是希望透過變異與創造，而成爲另一種文學的新起點。

⑲楊熾昌多處提到「主知」與「知性」，首先他自詡在台灣建立起主知主義的超現實：「過去之詩作品的功過姑且不論，經由《風車》四期的超現實主義系譜在台灣成爲主知主義，新即物的水源地帶，終於變成神話的定論」（一九九五d：二五三）。另外他也提到類似的說法：「現代詩的完美性就是從作詩法的適用來創造詩，非創造出一個均勻的浮雕不可。所謂詩的才能就是於其詩的純粹性上，非最生動的知性之表現不可」（一九九五b：一四二）。

⑳即使洛夫也在他最富於「超現實主義」風格的作品《石室之死亡》中強調，就算不使用「自動表現」的手法，依然可以透過暗示、隱喩或象徵等等，來產生價值的壓縮與意象突出的效果。因此他所追求的是一種「修正」的超現實主義：「未經意志的檢查與選擇而將其原貌赤裸裸托出，勢必造成感性與知性的失調，詩生命的枯竭〔……〕

因我們主張一首詩在醞釀之初，獨立存在之前，必須透過嚴格的自我批評與控制」（洛夫，一九六五：一—三二）。

㉑根據《前衛詩運動史の研究》作者中野嘉一的説法，首次將intelligence（主知）的概念引進日本文壇中的，是《詩と詩論》的主編春山行夫，而服膺於「主知美學」的詩人或學者亦以《詩と詩論》、《文學》與《新即物性文學》等詩誌爲中心而展開活動，當中包括了許多重要的詩人如西脇順三郎、北川冬彥、村野四郎與文學理論家阿部知二等等。

㉒當然我還是得強調，「知性」、「主知」、「理性」、「理智」或「科學思考」等等名詞，在意義上雖然有重疊的部分，但彼此之間不見得是可以通約的，其意涵還是必須還原至詩人或作家所使用的脈絡中，才有可能被理解。

㉓紀弦在〈現代派信條釋義〉第二條中提到：「既然科學方面我們已在急起直追，迎頭趕上，那麼文學和藝術方面，反而要它停止在閉關自守、自我陶醉的階段嗎？須知文學藝術無國界，也跟科學一樣。」第四條則有：「一首新詩必須是一座堅實完美的建築物，一個新詩作者必須是一位出類拔萃的工程師。」（《現代詩》十三期：四）因此「新詩」在紀弦的想像中，也是帶有著濃厚的「科學」與「技術」色彩的。

〔附錄二〕

林亨泰年表

1940

一九二四　生於日治時代台中州北斗郡北斗街。

一九四五　日本無條件投降，解役退伍。

一九四六　考入台灣師範學院（今台灣師大）。

一九四七　二二八事件。

加入「銀鈴會」以及師範學院「台語戲劇社」。

一九四八　開始投稿《新生報》「橋」副刊、銀鈴會《潮流》以及師範學院台語戲劇社《龍安文藝》。

一九四九　四六事件。

出版日文詩集《靈魂の產聲》（銀鈴會編輯部）。

戒嚴令發布。

1950

一九五〇　自台灣師範學院（現國立台灣師範大學）畢業。

一九五二　《靈魂の產聲》由陳保郁中譯，陸續刊登於《自立晚報》「新詩周刊」。

一九五五　出版中文詩集《長的咽喉》（新光書店）。
官方正式頒布實施「戰鬥文藝運動」。
以筆名「恆太」發表作品投稿《現代詩》。

一九五六　參加現代派運動，爲「九人籌備委員會」人員之一。

1960

一九六四　發表〈非情之歌〉組詩五十一首於《創世紀》第十九期。
共同籌組雙月刊《笠》詩刊，並擔任首任主編。

一九六八　出版評論集《現代詩的基本精神》（笠詩社）以及《J．S布魯那的教育理論》（新光書店）。

一九六九　出版譯作《保羅．梵樂希的方法序說》（田園出版社）。

1970

一九七二　刊登〈林亨泰早期作品集〉於《笠》詩刊第五十一期。

一九七四　應聘第一屆「中國現代詩獎」評審委員。
罹患腎臟炎，自彰化高級工業學校退休。

一九七五　應聘第二屆「中國現代詩獎」評審委員。

1980

一九八一　評論作品〈中國現代詩理論與風格的演變〉收入國立中興大學中文系編《大學國文選》乙篇教材。

一九八一　應聘《中國時報》第五屆新詩獎評審委員。

一九八二　應聘《中國時報》第六屆新詩獎評審委員。

一九八四　出版《林亨泰詩集》（時報文化出版公司）。獲頒《創世紀》詩刊三十周年評論獎。

一九八五　應邀美國麻州大學參加第四屆「台灣文學研究會」。

一九八六　出版詩集《爪痕集》（笠詩社）。應聘《中國時報》第九屆新詩獎評審委員。

一九八七　應聘第八屆「巫永福評論獎」評審委員。台灣解除戒嚴。

一九八八　應聘《中國時報》第十一屆新詩獎評審委員、第九屆「巫永福評論獎」評審委員。

1990

一九九〇　出版詩集《跨不過的歷史》（尚書出版社）。

一九九一　應聘《中國時報》第十四屆新詩獎評審委員以及《聯合報》第一屆新詩獎評審委員。

1990

一九九二　獲頒榮後文化基金會第二屆「榮後台灣詩獎」。

一九九三　當選台灣磺溪文化學會第二屆理事長（至一九九五年三月止）。

獲頒自立報系「台灣文學貢獻獎」。

一九九四　法國大學出版社編《世界文學大字典》收有〈林亨泰〉一條，由熊秉明執筆。

應聘第十五屆「巫永福評論獎」評審委員以及第三屆「陳秀喜詩獎」評審委員。

出版《找尋現代詩的原點》（彰化文化中心）。

呂興昌編《林亨泰研究資料彙編》上下兩冊（彰化文化中心）。

一九九五　因腦血管栓塞入彰化基督教醫院急救。

洛倫佐（Ursula Heinze de Lorenzo）翻譯〈非情之歌〉第九首，發表於西班牙O' Correo 報 Galego。

一九九六　由John Balcom（陶忘機）英譯詩集Black and White，在美國加州由Taoran出版社 出版。

一九九八　呂興昌編《林亨泰全集》（共十卷）（彰化縣立文化中心出版）。

一九九九　獲頒彰化縣文化局第一屆「磺溪文學獎．特別貢獻獎」。

2000

二〇〇〇　獲頒鹽分地帶「資深台灣文學成就獎」。
擔任國立台灣師範大學「人文講席」。

二〇〇一　榮獲眞理大學第五屆「台灣文學家牛津獎」。

二〇〇四　榮獲「第八屆國家文藝獎」。

二〇〇六　康原著《八卦山下的詩人．林亨泰》出版（玉山出版社）。

二〇〇七　林巾力著《福爾摩沙詩哲　林亨泰》出版（印刻出版社）。

INK PUBLISHING People 7

福爾摩沙詩哲　林亨泰

作　　者　林巾力
總 編 輯　初安民
責任編輯　施淑清
美術編輯　張薰芳
校　　對　呂佳真　施淑清　林巾力

發 行 人　張書銘
出　　版　INK印刻出版有限公司
台北縣中和市中正路800號13樓之3
電話：02-22281626
傳真：02-22281598
e-mail: ink.book@msa.hinet.net
網　　址　舒讀網http://www.sudu.cc

法律顧問　林春金律師
總 代 理　展智文化事業股份有限公司
電話：02-22533362・22535856
傳真：02-22518350
郵政劃撥　19000691　成陽出版股份有限公司
印　　刷　海王印刷事業股份有限公司

出版日期　2007年1月　初版
ISBN　978-986-7108-96-8

定價　280元

財團法人｜國家文化藝術｜基金會　贊助出版

國家圖書館出版品預行編目資料

福爾摩沙詩哲　林亨泰／
林巾力 著.--初版，--臺北縣中和市：INK印刻，
2007〔民96〕面；　公分（people；7）
ISBN 978-986-7108-96-8（平裝）
1.林亨泰－傳記　2.林亨泰－作品研究

782.886　　95024331

K INK INK INK INK INK INK
INK INK INK INK INK INK IN
K INK INK INK INK INK INK
INK INK INK INK INK INK IN
K INK INK INK INK INK INK
INK INK INK INK INK INK IN
K INK INK INK INK INK INK
INK INK INK INK INK INK IN
K INK INK INK INK INK INK
INK INK INK INK INK INK IN
K INK INK INK INK INK INK
INK INK INK INK INK INK IN
K INK INK INK INK INK INK
INK INK INK INK INK INK IN
K INK INK INK INK INK INK
INK INK INK INK INK INK IN
K INK INK INK INK INK INK
INK INK INK INK INK INK IN
K INK INK INK INK INK INK
INK INK INK INK INK INK IN
K INK INK INK INK INK INK
INK INK INK INK INK INK IN
K INK INK INK INK INK INK
INK INK INK INK INK INK IN
K INK INK INK INK INK INK

K INK INK INK INK INK INK
INK INK INK INK INK INK I
K INK INK INK INK INK INK
INK INK INK INK INK INK I
K INK INK INK INK INK INK
INK INK INK INK INK INK I
K INK INK INK INK INK INK
INK INK INK INK INK INK I
K INK INK INK INK INK INK
INK INK INK INK INK INK I
K INK INK INK INK INK INK
INK INK INK INK INK INK I
K INK INK INK INK INK INK
INK INK INK INK INK INK I
K INK INK INK INK INK INK
INK INK INK INK INK INK I
K INK INK INK INK INK INK
INK INK INK INK INK INK I
K INK INK INK INK INK INK
INK INK INK INK INK INK I
K INK INK INK INK INK INK
INK INK INK INK INK INK I
K INK INK INK INK INK INK
INK INK INK INK INK INK I
K INK INK INK INK INK INK